尺素寸心

余光中 著

目 录

万里长城	003
思台北，念台北	011
从母亲到外遇	020
思蜀	027
新大陆，旧大陆	043

第一章 乡愁绵绵，莫问归期

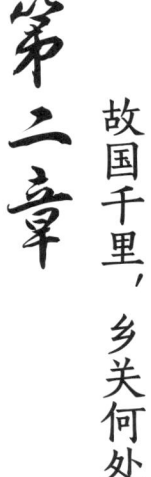

第二章 故国千里，乡关何处

山盟	061
沙田山居	075
关山无月	080
水乡招魂——记汨罗江现场祭屈	091
片瓦渡海	104
清明七日行	122
故国神游	139

第三章 彼岸风景,诗意远方

石城之行　　　　　　　　　　149

南半球的冬天　　　　　　　　159

从西岸到东岸——第四度旅美追记　169

凭一张地图　　　　　　　　　174

海缘　　　　　　　　　　　　179

山国雪乡　　　　　　　　　　197

红与黑——巴塞隆纳看斗牛　　219

第四章 万物可期,人间值得

地图	237
听听那冷雨	247
尺素寸心	256
娓娓与喋喋	260
粉丝与知音	265

第一章

乡愁绵绵,莫问归期

万里长城

那天下午,心情本来平平静静,既不快乐,也不不快乐。后来收到元月三日的《时代周刊》,翻着翻着,忽然瞥见一张方方的图片,显示季辛吉[①]和一票美国人站在万里长城上。像是给谁当胸猛捶了一拳,他定睛再看一遍。是长城。雉堞俨然,朴拙而宏美,那古老的建筑物雄踞在万山脊上,蟠蟠蜿蜿,一直到天边。是长城,未随古代飞走的一条龙。而季辛吉,新《战国策》的一个洋策士,竟然大模大样地站在龙背上,而且亵渎地笑着。

"我××!"一拳头打在桌上,烟灰缸吓了一大跳,"什么东西,站在我的长城上!"

---

① 季辛吉:即基辛格。——编者注

四个小女孩吃惊地望着他。爸爸出口这么粗鄙，还当着她们的面，这是第一次。

"爸爸！"最小的季珊不安地喊他。

没有解释。他拿起杂志，在余怒之中，又看了一遍。

"是长城。"他喃喃说。然后他忽然推椅而起，一口气冲上楼去。

在书桌前闷坐了至少有半个钟头，盛怒渐渐压下来，积成坚实沉重的悲壮。对区区一张照片，反应那样地剧烈，他自己也很感到惊讶。万里长城又不是他的，至少，不是他一个人的。他是一个典型的南方人，生在江南，柔橹声中多水多桥的江南。他的脚底从未踏过江北的泥土，更别说见过长城。可是感觉里，长城是他的。因为长城属于北方北方属于中国中国属于他正如他属于中国。几万万人只有这么一个母亲，可是对于每一个孩子她都是百分之百的母亲而不是几万万分之一。中国，他只到过九省，可是美国，他的脚底和车轮踏过二十八州。可是感觉里，密西根^①的雪犹他的沙漠加州的海都那么遥远，陌生，而长城那么近。他生下来就属于长城，可是远在他出生之前长城就归他所有。从公元以前起长城就属于他祖先。天经地义，他继承了万里长城，每

---

① 密西根：即密歇根州。——编者注

一面墙每一块砖。

继承了,可是一直还没有看见。几十年来,一直想抚摸想跪拜的这一座遗产,忽然为一双陌生而鲁莽的脚捷足先登。这乃是大不敬!长城是神圣的,不容侵犯!长城是中国人长达万里的一面哭墙,仅有一面墙的一座巨庙。伏尔泰竟然说它是一面纪念碑,竖向恐怖;令他非常不快。也许,长城是每个中国人的脊椎,不容他人歪曲。看到季辛吉站在那上面,他的愤怒里有妒恨,也有羞辱。

"竟敢吊儿郎当站在我的长城上!这乃是大不敬!"立刻他有一股冲动,要写封信去慰问长城。他果然拿出信纸来。

"长城公公:看到洋策士某某贸然登上……"他开始写下去。从蒙恬说到单于和李广说到吴三桂和太阳旗[1]一直说到季辛吉的美制皮鞋,他振笔疾书,一口气写了两张信笺。最后的署名是"一个中国人"。

一个中国人?究竟是谁呢?似乎有标明的必要吧。他停笔思索了一会。"有了。"从抽屉里他拿出自己的一张照片,翻过面来,注道:"这就是我。你问大陆就知道的。"然后他把信纸叠好,把照片夹在里面,一起装进信封里。

---

[1] 太阳旗:日本国旗的另一叫法,这里指日本侵华。——编者注

"该贴多少邮票呢？"他迟疑起来，"这倒是一个问题。"

他想和太太商量一下。太太不在房里。一回头，太太的梳妆镜叫住了他。镜中出现一个中年人，两个大陆的月色和一个岛上的云在他眼中，霜已经下下来，在耳边。"你问大陆就知道的。"大陆会认得这个人吗？二十年前告别大陆的，是一个黑发青睐的少年啊。

愈想愈不妥当。最后他回到书房里，满心烦躁地把信撕个粉碎。那张照片分成了八块。他重新坐下，找出一张明信片。匆匆写好，就走下楼去，披上雨衣，出门去了。

"请问，这张明信片该贴多少邮票？"

那位女职员接过信去，匆匆一瞥，又皱皱眉，然后忍住笑说："这怎么行？地名都没有。"

"那不是地名吗？"他指指正面。

"万里长城？就这四个大字？"她的眉毛扬得更高了。

"就是这地址。"

"告诉你，不行！连区号都没有一个，怎么投递呢？何况，根本没有这个地名。"

其他的女职员全围过来窥看。大家似笑非笑地打量着他。其中的一位忍不住念起来：

"万里长城：我爱你。哎呀，这算写的什么信嘛，笑死……这种情书我还是第一次看见。王家香，我问你，万里长城在哪里？"

王家香摇摇头，捂着嘴笑。

"一封信，只有七个字。"另一位小姐说，"恐怕是世界上最短的信了吧？"

"才不！"他吼起来，"这是世界上最长的信。可惜你们不懂！"

"这个人好凶。"围在他身后的寄信人之一忍不住说。

他从人丛中夺门逃出来，把众多的笑声留在邮局里。

"你们不懂！"他回过身去，挥拳一吼。

冒雨赶到电信局，已经快要黄昏了。

那里的职员也没有听说过什么万里长城。

"对不起，先生，"一个青年发报员困惑地说，"这种电报我们不能发。我们只能发给一个人或者一个团体，不能发给一个空空洞洞的地名。先生，你能够把收方写得确定些吗？"

"不能。万里长城就是万里长城，不是任一扇雉堞任一块砖。"

"好吧，"那职员耐住性子说，"就为你找找看。"

说着，他把一本其厚无比的地址簿搬到柜台上来。密密麻麻的洋文地名，从 A 一直翻到 Z，那青年发报员眼睛都看花了。

"真对不起，先生。没有这个地名啊。如果是巴黎、纽约、东京，甚至南极洲的观测站，我们都可以为你拍了去。可是……"

"万里长城，万里长城你都不知道？"

"真对不起，从来没有听说过。先生，你真的没有弄错吗？"

他气得话都说不出来，一把抓过电报稿子，回头就走。

"真是怪人。"青年发报员摇摇头。

街上还在下雨。他的雨衣，他的雨衣呢？这才想起，激动中，竟已掉在邮局里了。"管它去！"在冷冷的雨中他梦游一般步行回家去，他的心境需要在雨中独行，他需要那一股冷和那一片潮湿。自虐也是一种过瘾。其实他不是独行。他走过陆桥。他越过铁路。他在周末的人潮中挤过。前后左右，都是年底大减价的广告，向汹涌的人潮和市声兜售大都市七十年代廉价的繁荣。可是感觉里，他仍是在独行。人潮海啸而来，冲向这个公司那个餐厅冲向车站和十字路口，只有他一个人逆潮而泳，泳向万里长城。万里长城。好怪的名字。这大都市里没有一个人听说过。如果他停下来问警察，问万里长城该怎么走，说不定会给警察拘捕。说不定明天的晚报……

顿然，他变成了一个幽灵，来自另一个世界的孤魂野鬼。没有人看见他。他也看不见汽车和行人。真的。他什么也看不见了，行人，汽车，广告，门牌，灯。市声全部哑去。他站在十字路口，居然没有撞到任何东西！他一个人，站在一整座空城的中央。

"万里长城万里长，"黑黝黝的巷底隐隐传来熟悉的歌声，"长城外面是……"

那声音低抑而且凄楚，分不清是从巷子底还是从岁月的彼端传来，竟似诡异难认的电子音乐，祟着迷幻的空间。他谛听了一会，脸颊像浸在薄薄的酸液里那样噬痛。直到那歌声绕过迷宫似的斜巷和曲巷，终于消失在莫名的远方。

于是市场一下子又把他拍醒。一下子全回来了，行人，汽车，广告，门牌，灯。

终于回到家里。家人都睡了。来不及换下湿衣，他回到书房里。地板上纷陈着撕碎了的信。桌上，犹摊开着杂志。他谛视那幅图片，迷幻一般，久久不动。不知不觉，他把焦点推得至深至远。雉堞俨然，朴拙而宏美，那古老的建筑物雄踞在万山脊上，蟠蟠蜿蜿，一直到天边。未随古代飞走的一条龙啊万里长城万里长。雨声停了。城市不复存在。时间停了。他茫然伸出手去，摸到的，怎么，不是他书房的粉壁，是肌理斑剥风侵雨蚀秦月汉关屹然不倒的古墙。他愕然缩回手来。那坚实厚重的触觉仍留在他掌心。

而令他更惊讶的是，季辛吉不见了，那一票美国人怎么全不见了？长城上更无人影。真的是全不见了。正如从古到今，人来人往，马嘶马蹶，月缺月圆，万里长城长在那里。李陵出去，苏武回来，孟姜女哭，季辛吉笑，万里长城长在那里。

一九七二年二月一日深夜

思台北，念台北

隐地从台北寄来他的新书《欧游随笔》，并在扉页上写道："尔雅也在厦门街一一三巷，每天，我走您走过的脚步。"一句话，撩起我多少乡愁。龙尾蛇头，接到多少张耶诞卡①贺年片，没有一句话更撼动我的心弦。

如果脚步是秋天的落叶，年复一年，季复一季，则最下面的一层该都是我的履印与足音，然后一层层，重重叠叠，旧印之上覆盖着新印，千层下，少年的屐迹车辙，只能在仿佛之间去翻寻。每次回到台北，重踏那条深长的巷子，隐隐，总踏起满巷的回音，那是旧足音醒来，在响应新的足音？厦门街，水源路那一

---

① 耶诞卡：即圣诞卡。——编者注

带的弯街斜巷，拭也拭不尽的，是我的脚印和指纹。每一条窄弄都通向记忆，深深的厦门街，是我的回声谷。也无怪隐地走过，难逃我的联想。

那一带的市井街坊，已成为我的"背景"甚至"腹地"。去年夏天在西雅图，和叶珊谈起台湾诗选之滥，令人穷于应付，成了"选灾"。叶珊笑说，这么发展下去，总有一天我该编一本《古亭诗选》，他呢，则要编一本《大安诗选》。其实叶珊在大安区的脚印，寥落可数，他的乡井当然在水之湄，在花莲。他只能算是"半山"的乡下诗人，我，才是城里的诗人。十年一觉扬州梦，醒来时，我已是一位台北人。

当然不止十年了。清明尾，端午头，中秋月后又重九，春去秋来，远方盆地里那一座岛城，算起来，竟已住了二十六年了。这期间，就算减去旅美的五年，来港的两年，也有十九年之久。北起淡水，南迄乌来，半辈子的岁月便在那里边攘攘度过，一任红尘困我，车声震我，限时信，电话和门铃催我促我，一任杜鹃媚我于暮春，莲塘迷我于仲夏，雨季霉我，溽暑蒸我，地震和台风撼我摇我。四分之一的世纪，我眼见台北长高又长大，脚踏车三轮车把大街小巷让给了电单车计程车，半田园风的小省城变成了国际化的现代立体大都市。镜头一转，前文提要一样的跳速，台北也惊见我，如何从一个寂寞而迷惘的流亡少年变成大四的学生，少尉编译官，新郎，父亲，然后是留学生，新来的讲师，老去的教授，毁誉交加的诗人，左颊掌声右颊是嘘声。二十六年后，台北恐已不识我，霜发的中年人，正如我也有点近乡情怯，机翼斜斜，海关扰扰，出得松山，迎面那一丛丛陌生的楼影。

曾在那岛上，浅浅的淡水河边，遥听嘉陵江滔滔的水声，曾在芝加哥的楼影下，没遮没拦的密西根湖岸，念江南的草长莺飞，花发蝶忙。乡愁一缕，恒与扬子江东流水竞长。前半生，早如断了的风筝落在海峡的对面，手里兀自牵一缕旧线。每次填表，"永久地址"那一栏总教人临表踟蹰，好生为难。一若四海之大，天地之宽，竟有一处是稳如磐石，固如根柢，世世代代归于自己，生命深深植于其中，海啸山崩都休想将它拔走似的。面对着天灾人祸，世局无常，竟要填表人肯定说出自己的"永久地址"，真是一大幽默，带一点智力测验的意味。尽管如此，表却不能不填。二十世纪原是填表的时代，从出生纸到死亡证书，一个人一辈子要填的表，叠起来不会薄于一部大字典。除非你住在乌托邦，表是非填不可的。于是"永久地址"栏下，我暂且填上"台北市厦门街一一三巷八号"。这一暂且，就暂且了二十多年，比起许多永久来，还永久得多。

正如路是人走出来的，地址，也是人住出来的。生而为闽南人，南京人，也曾经自命为半个江南人，四川人，现在，有谁称我为台北人，我一定欣然接受，引以为荣。有那么一座城，多少熟悉的面孔，由你的朋友，你的同学，同事，学生所组成，你的粉笔灰成雨，落湿了多少讲台，你的蓝墨水成渠，灌溉了多少亩报刊杂志。四个女孩都生在那城里，母亲的慈骨埋在近郊，父亲和岳母皆成了常青的乔木，植物一般植根在那条巷里。有那么一座城，锦盒一般珍藏着你半生的脚印和指纹，光荣和愤怒，温柔和伤心，珍藏着你一颗颗一粒粒不朽的记忆。家，便是那么一座城。

把一座陌生的城住成了家，把一个临时地址拥抱成永久地址，我成了想家的台北人，在和中国母体土接壤连的一角小半岛上，隔着南海的青烟蓝水，竟然转头东望，思念的，是二十多年来餐我以蓬莱的蓬莱岛城。我的阳台向北，当然，也尽多北望的黄昏。奈何公无渡河，从对河来客的口中，听到的种种切切，陌生的，严厉的，迷惑的，伤感的，几已难认后土的慈颜，哎，久已难认。正如贾岛的七绝所言：

客舍并州已十霜　归心日夜忆咸阳
无端更渡桑干水　却望并州是故乡 [①]

[①] 关于此诗作者，多数注家认为是贾岛。不过因贾岛是范阳（今河北涿州）人，且并无在并州作客的经历等，《元和御览诗集》认为此诗应为唐德宗贞元年间诗人刘皂（今陕西咸阳人）所作，题为《渡桑干》（一名《旅次朔方》）。——编者注

如果十霜已足成故乡，则我的二十霜啊多情又何逊唐朝一孤僧？

未回台北，忽焉又一年有半了。一小时的飞程，隔水原同比邻，但一道海关多重表格横在中间，便感烟波之阔了。愿台北长大长壮但不要长得太快，愿我记忆中的岛城在开路机铲土机的挺进下保留一角半隅的旧区让我循那些曲折而玄秘的窄弄幽巷步入六十年代五十年代。下次见面时，愿相看妩媚如昔，城如此，哎，人亦如此。

祖籍闽南，说来也巧，偌大一座台北城，二十多年来只住过两条闽南风味的小街：同安街和厦门街。同安街只住了两年半，后来的二十四年就一直在厦门街。如果台北是我的"家城"（英文有这种说法），厦门街就是我的"家街"了。这家，是住出来的，也是写出来的。八千多个日子，二十几番夏至和秋分，即连是一片沙漠，也早已住成家了。多少篇诗和散文，多少部书，都是在临巷的那个窗口，披一身重重叠叠深深浅浅的绿阴，吟哦而成。我的作品既在那一带的巷间孕化而成，那条小街，那些曲巷也不时浮现在我的字里行间，成为现代文学里的一个地理名词。萤塘里、网溪里，久已育我以灵感，希望掌管那一带的地灵土仙能知晓，我的灵感也荣耀过他们。厦门街的名字，在我的香港读者之间，也不算陌生。

有意无意之间，在台北，总觉得自己是"城南人"，不但住在城南，工作也在城南。台湾最具规模的三座学府全在城南，甚至南郊；北起丽水街，南迄指南山麓，我的金黄岁月都挥霍在其中。思潮文风，在杜鹃花簇的迷锦炫绣间起伏回荡。当时年少，曾餍过多少稚美的青睐青眼，西去取经，分不清，身是唐吉珂德①或唐僧。对我而言，古亭区该是中国文化最高的地区，记忆也最密。即连那"家巷"的左邻右舍，前翁后媪，也在植物一般悠久而迟缓的默契里，相习而相忘，相近相亲。出得巷去，左手是裁缝铺子、理发店、豆浆店然后是电料行，右手是西药行、杂货店、花店、照相馆……闭着眼睛，我可以一家家数过去，梦游一般直数到汀州街口。前年夏天从香港回台北，一天晚上，去巷口那家药行买药。胖胖的老板娘在柜台后面招呼我，还是二十年来那一口潮州话。不见老板，我问她老板可好。"过身了——今年春天。"说着她眼睛一阵湿，便流下了泪来。我也为之黯然神伤，一时之间，不知怎么安慰才好，默默相对了片刻，也就走开了。回家的路上，我很是感动，心里满溢着温暖的乡情，一问一答之间，那妇人激动的表情，显示她已经把我当成了亲人。二十年来，我是她店里的常客，和她丈夫当然也是稔熟的。我更想起

---

① 唐吉珂德：即堂吉诃德。——编者注

十八年前母亲去世，那时是她问我答，流泪的是我，嗫嚅相慰的是她。久邻为亲，那一切一切，城南人怎会忘记？

对我而言，城北是商业区，新社区，无论它有多繁华，我的台北仍旧在城南。台北是愈长愈高了，长得好快，七十年代八十年代在城的东北，在松山机场那一带喊他。未来在召唤，好多城南人禁不起那诱惑，像何凡、林海音那一家，便迁去了城北，一窝蜂一窝鸟似的，住在高高的大公寓里，和下面的世界来往，完全靠按钮。等到高速公路打通，桃园的国际机场建好，大台北无阻的步伐，该又向西方迈进了。

该来的，什么也挡不住。已去的，也无处可招魂。当最后一位按摩女的笛声隐隐，那一夜在巷底消逝，有一个时代便随她去了。留下的是古色的月光，情人、诗人的月光，仍祟着城南那一带的灰瓦屋，矮围墙，弯弯绕绕的斜街窄巷。以南方为名的那些街道——晋江街、韶安街、金华街、云和街、泉州街、潮州街、温州街、青田街，当然，还有厦门街——全都有小巷纵横，奇径暗通，而门牌之纷乱，编号排次之无轨可循，使人逡巡其间，迷路时惶惑如智穷的白鼠，豁然时又自得如天才的侦探。几乎家家都有围墙，很少巷子能一目了然，巷头固然望不见巷腰，到了巷腰，也往往看不出巷底要通往何处。那一盘盘交缠错综的羊肠迷宫，当时陷身其中，固曾苦于寻寻觅觅，但风晨雨夜，或是奇幻的月光婆娑的树影下走过，也赋给了我多少灵感。于今隔海想来，那些巷子在奥秘中寓有亲切，原是最耐人咀嚼的。黄昏的长巷里，家家围墙飘出的饭香，吟一首民谣在召归途的行人：有什么，比这更令人低回的呢？

最耐人寻味的小巷，是同安街东北行，穿过南昌街后，通向罗斯福路的那一段。长只五六十码①，狭处只容两辆脚踏车蠕行相交。上面晾着未干的衣裳，两旁总排着一些脚踏车手推车，晒些家常腌味，最挤处还有些小孩子在嬉游。砖墙石壁半已剥蚀，颓败的纹理伸手可触。近罗斯福路出口处还有个小小的土地祠，简陋可笑的装饰也无损其香火不绝，供果长青。那恐怕是世界上最短最窄的一条陋巷了。从师大回家的途中，不记得已蜿穿过几千次了，对于我，那是世界上最滑稽最迷人最市井风的一段街景。电视天线接管了日窄的天空，古台北正在退缩。撼地压来的开路机啊，能绕道而行放过这几座历史的残堡吗？

在《蒲公英的岁月》里，曾说过喜欢的是那岛，不是那城。台北啊我怎能那样说，对你那样不公平？隔着南中国海的烟波，向香港的电视幕上，收看邻区都市的气象，汉城②和东京之后总

---

① 码：英制长度单位，1码约合0.91米。——编者注
② 汉城：韩国首都旧称，2005年改名为首尔。——编者注

是台北，是阴是晴是变冷是转热是风前或雨后，都令我特别关心。台风自海上来，将掠台湾而西，扑向厦门和汕头，那气象报告员说，不然便是寒流凛凛自华中南下，气温要普遍下降，明天莫忘多加衣。只有在那一刹那，才幻觉这一切风云雨雾原本是一体，拆也拆不开的。

香港有一种常绿的树，黄花长叶，属刺槐科，据说是移植自台湾，叫"台湾相思"。那样美的名字，似乎是为我而取。

一九七七年三月

从母亲到外遇

"大陆是母亲，台湾是妻子，香港是情人，欧洲是外遇。"我对朋友这么说过。

大陆是母亲，不用多说。烧我成灰，我的汉魂唐魄仍然萦绕着那一片后土。那无穷无尽的故国，四海漂泊的龙族叫她做大陆，壮士登高叫她做九州，英雄落难叫她做江湖。不但是那片后土，还有那上面正走着的、那下面早歇下的，所有龙族。还有几千年下来还没有演完的历史，和用了几千年似乎要不够用了的文化。我离开她时才二十一岁呢，再还乡时已六十四了："掉头一去是风吹黑发/回首再来已雪满白头。"长江断奶之痛，历四十三年。洪水成灾，却没有一滴溅到我唇上。这许多年来，我所以在诗中狂呼着、低咛着中国，无非是一念耿耿为自己喊魂。不然我真会魂飞魄散，被西潮淘空。

当你的女友已改名玛丽，你怎能送她一首《菩萨蛮》？

乡情落实于地理与人民，而弥漫于历史与文化，其中有实有虚，有形有神，必须兼容，才能立体。

台湾是妻子，因为我在这岛上从男友变成丈夫再变成父亲，从青涩的讲师变成沧桑的老教授，从投稿的"新秀"变成写序的"前辈"，已经度过了大半个人生。几乎是半世纪前，我从厦门经香港来到台湾，下跳棋一般连跳了三岛，就以台北为家定居了下来。其间虽然也去了美国五年，香港十年，但此生住得最久的城市仍是台北，而次久的正是高雄。我的"双城记"不在巴黎、伦敦，而在台北、高雄。

我以台北为家，在城南的厦门街一条小巷子里，"像虫归草间，鱼潜水底"，蛰居了二十多年，喜获了不仅四个女儿，还有二十三本书。及至晚年海外归来，在这高雄港上、西子湾头一住又是悠悠十三载。厦门街一一三巷是一条幽深而隐秘的窄巷，在其中度过有如壶底的岁月。西子湾恰恰相反，虽与高雄的市声隔了一整座寿山，却海阔天空，坦然朝西开放。高雄在货柜的吞吐量上号称全世界第三大港，我窗下的浩淼接得通七海的风涛。诗人晚年，有这么一道海峡可供题咏，竟比老杜的江峡还要阔了。

不幸失去了母亲，何幸又遇见了妻子。这情形也不完全是隐喻。在实际生活上，我的慈母生我育我，牵引我三十年才撒手，之后便由我的贤妻来接手了。没有这两位坚强的女性，怎会有今日的我？在隐喻的层次上，大陆与海岛更是如此。所以在感恩的心情下我写过《断奶》一诗，而以这么三句结束：

> 断奶的母亲依旧是母亲
> 断奶的孩子，我庆幸
> 断了螺祖，还有妈祖

　　海峡虽然壮丽，却像一柄无情的蓝刀，把我的生命剖成两半，无论我写了多少怀乡的诗，也难将伤口缝合。母亲与妻子不断争辩，夹在中间的亦子亦夫最感到伤心。我究竟要做人子呢还是人夫，真难两全。无论在大陆、香港，南洋或国际，久矣我已被称为"台湾作家"。我当然是台湾作家，也是广义的台湾人，台湾的祸福荣辱当然都有份。但是我同时也是，而且一早就是，中国人了：华夏的河山、人民、文化、历史都是我与生俱来的"家当"，怎么当都当不掉的，而中国的祸福荣辱也是我鲜明的"胎记"，怎么消也不能消除。然而今日的台湾，在不少场合，谁要做中国人，简直就负有"原罪"。明明全都是马，却要说白马非马。这矛盾说来话长，我只有一个天真的希望："莫为五十年的政治，抛弃五千年的文化。"

香港是情人，因为我和她曾有十二年的缘分，最后虽然分了手，却不是为了争端。初见她时，我才二十一岁，北顾茫茫，是大陆出来的流亡学生，一年后便东渡台湾。再见她时，我早已中年，成了中文大学的教授，而她，风华绝代，正当惊艳的盛时。我为她写了不少诗，和更多的美文，害得台湾的朋友艳羡之余纷纷西游，要去当场求证。所以那十一年也是我"后期"创作的盛岁，加上当时学府的同道多为文苑的知己，弟子之中也新秀辈出，蔚然乃成沙田文风。

香港久为国际气派的通都大邑，不但东西对比、左右共存，而且南北交通，城乡兼胜，不愧是一位混血美人。观光客多半目炫于她的闹市繁华，而无视于她的海山美景。九龙与香港隔水相望，两岸的灯火争妍，已经璀璨耀眼，再加上波光倒映，盛况更翻一倍。至于地势，伸之则为半岛，缩之则为港湾，聚之则为峰峦，撒之则为洲屿，加上舟楫来去，变化之多，乃使海景奇幻无穷，我看了十年，仍然馋目未餍。

我一直庆幸能在香港无限好的岁月去沙田任教，庆幸那琅嬛福地坐拥海山之美，安静的校园，自由的学风，让我能在"文革"的嚣乱之外，登上大陆后门口这一座象牙塔，定定心心写了好几本书。于是我这"台湾作家"竟然留下了"香港时期"。

不过这情人当初也并非一见钟情，甚至有点刁妮子作风。例如她的粤腔九音诘屈,已经难解,有时还爱写简体字来考我,而冒犯了她,更会在报上对我冷嘲热讽,所以开头的几年颇吃了她一点苦头。后来认识渐深,发现了她的真性情,终于转而相悦,不但粤语可解,简体字能读,连自己的美式英语也改了口,换成了矜持的不列颠腔。同时我对英语世界的兴趣也从美国移向英国,香港更成为我去欧洲的跳板,不但因为港人欧游成风,远比台湾人为早,也因为签证在香港更迅捷方便。等到八十年代初期大陆逐渐开放,内地作家出国交流,也多以香港为首站,因而我会见了朱光潜、巴金、辛笛、柯灵,也开始与流沙河、李元洛通信。

不少人瞧不起香港,认定她只是一块殖民地,①又诋之为文化沙漠。一九四〇年三月五日,蔡元培逝于香港,五天后举殡,全港下半旗志哀。对一位文化领袖如此致敬,不记得其他华人城市曾有先例,至少胡适当年去世,台北不曾如此。如此的香港竟能称为文化沙漠吗?

欧洲开始成为外遇,则在我将老未老、已晡未暮的善感之年。我初践欧土,是从纽约起飞,而由伦敦入境,绕了一个大圈,已经四十八岁了。等到真的步上巴黎的卵石街头,更已是五十之年,不但心情有点"迟暮",季节也值春晚,偏偏又是独游。临

---

① "殖民地"一说实际属于一种误解,香港地区1842—1997年间曾受英国殖民统治,但并不是英国殖民地。——编者注

老而游花都，总不免感觉是辜负了自己，想起李清照所说："春归秣陵树，人老建康城。"

一个人略谙法国艺术有多风流俶傥，眼底的巴黎总比一般观光嬉客所见要丰盈。"以前只是在印象派的画里见过巴黎，幻而似真；等到亲眼见了法国，却疑身在印象派的画里，真而似幻。"我在《巴黎看画记》一文，就以这一句开端。

巴黎不但是花都、艺都，更是欧洲之都。整个欧洲当然早已"迟暮"了，却依然十分"美人"，也许正因迟暮，美艳更教人怜。而且同属迟暮，也因文化不同而有风格差异。例如伦敦吧，成熟之中仍不失端庄，至于巴黎，则不仅风韵犹存，更透出几分撩人的明艳。

大致说来，北欧的城市比较秀雅，南欧的则比较秾丽；新教的国家清醒中有节制，旧教的国家慵懒中有激情。所以斯德哥尔摩虽有"北方威尼斯"之美名，但是冬长夏短，寒光斜照，兼以楼塔之类的建筑多以红而带褐的方砖砌成，隔了茫茫烟水，只见灰蒙蒙阴沉沉的一大片，低压在波上。那波涛，也是蓝少黑多，说不上什么浮光耀金之美。南欧的明媚风情在那样的黑涛上是难以想象的：格拉纳达的中世纪"红堡"（Alhambra），那种细柱精雕、引泉入室的伊斯兰教宫殿，即使再三擦拭阿拉丁的神灯，也不会赫现在波罗的海岸。

不过话说回来，无论是沉醉醉人，或是清醒醒人，欧洲的传统建筑之美总令人仰瞻低回，神游中古。且不论西欧南欧了，即使东欧的小国，不管目前如何弱小"落后"，其传统建筑如城堡、宫殿与教堂之类，比起现代的暴发都市来，仍然一派大家风范，耐看得多。历经两次世界大战，遭受纳粹的浩劫，岁月的沧桑仍无法摧尽这些迟暮的美人，一任维也纳与布达佩斯在多瑙河边临流照镜，或是战神刀下留情，让布拉格的桥影卧魔涛而横陈。爱伦坡说得好：

> 你女神的风姿已招我回乡，
> 回到希腊不再的光荣
> 和罗马已逝的盛况。

一切美景若具历史的回响、文化的意义，就不仅令人兴奋，更使人低回。何况欧洲文化不仅悠久，而且多元，"外遇"的滋味远非美国的单调、浅薄可比。美国再富，总不好意思在波多马克河①边盖一座罗浮宫②吧？怪不得王尔德要说："善心的美国人死后，都去了巴黎。"

一九九八年八月于西子湾

---

① 波多马克河：即波托马克河。——编者注
② 罗浮宫：即卢浮宫。——编者注

思　　蜀

1

在大型的中国地图册里，你不会找到"悦来场"这地方。甚至富勒敦加大①教授许淑贞最近从北京寄赠的巨型《中华人民共和国国家普通地图集》，长五十一公分②，宽三十五公分，足足五公斤之重，上面也找不到这名字。这当然不足为怪：悦来场本是四川省江北县的一个芥末小镇，若是这一号的村镇全上了地图，那岂非芝麻多于烧饼，怎么容纳得下？但反过来说，连地图上都找不到，这地方岂不小得可怜，不，小得可爱，简直有点诗意

---

① 富勒敦加大：即加州州立大学富尔顿分校。——编者注
② 公分：厘米的旧称。——编者注

了。刘长卿劝高僧"莫买沃洲山，时人已知处"，正有此意。抗战岁月，我的少年时代尽在这无图索骥的穷乡度过，可见"入蜀"之深。蜀者，属也。在我少年记忆的深处，我早已是蜀人，而在其最深处，悦来场那一片僻壤全属我一人。

所以有一天在美国麦克奈利版的《最新国际地图册》成渝地区那一页，竟然，哎呀，找到了我的悦来场，真是喜出望外，似乎飘泊了半个世纪，忽然找到了定点可以落锚。小小的悦来场，我的悦来场，在中国地图里无迹可寻，却在外国地图里赫然露面，几乎可说是国际有名了，思之可哂。

2

从一九三八年夏天直到抗战结束，我在悦来场一住就是七年，当然不是去隐居，而是逃难，后来住定了，也就成为学生，几乎在那里度过整个中学时期。抗战的两大惨案，发生时我都靠近现场。南京大屠杀时，母亲正带着九岁的我随族人在苏皖边境的高淳县，也就是在敌军先头部队的前面，惊骇逃亡。重庆大轰炸时，我和母亲也近在二十公里外的悦来场，一片烟火烧艳了南天。

就是为避日机轰炸，重庆政府的机关纷纷迁去附近的乡镇，梁实秋先生任职的国立编译馆就因此疏散到北碚，也就是后来他写《雅舍小品》的现场。父亲服务的机关海外部把档案搬到悦来场，镇上无屋可租，竟在镇北五公里处找到了一座姓朱的祠堂，反正空着，就洽借了下来，当作办公室兼宿舍。八九家人搬了进去，拼凑着住下，居然各就各位，也够用了。

朱家祠堂的规模不小，建筑也不算简陋。整座瓦屋盖在嘉陵江东岸连绵丘陵的一个山顶，俯视江水从万山丛中滚滚南来，上游辞陕甘，穿剑阁，虽然千回百转，不得畅流，但一到合川，果然汇合众川浩荡而下，到了朱家祠堂俯瞰的山脚，一大段河身尽在眼底，流势壮阔可观。那滔滔的水声日夜不停，在空山的深夜尤其动听。遇到雨后水涨，浊浪汹汹，江面就更奔放，像急于去投奔长江的母怀。

祠堂的前面有一大片土坪，面江的一边是一排橘树，旁边还有一棵老黄葛树，盘根错节，矗立有三丈多高，密密的卵形翠叶庇荫着大半个土坪，成为祠堂最壮观的风景。驻守部队的班长削了一根长竹竿，一端钻孔，高高系在树顶，给我和其他顽童手攀脚缠，像猴子一般爬上爬下。

祠堂的厚木大门只能从内用长木闩闩上，进门也得提高脚后跟，才跨得过一尺高的民初门槛。里面是一个四合院子，两庑的厢房都有楼，成了宿舍。里进还有两间，正中则是厅堂，香案对着帷幕深沉牌位密集的神龛，正是华夏子孙慎终追远的圣殿，长保家族不朽。再进去又是一厅，拾级更上是高台，壁顶悬挂着"彝训增辉"的横匾。

这最内的一进有边门通向厢房，泥土地面，每扫一次就薄了一皮，上面放了两张床，大的给父母，小的给我。此外只有一张书桌两张椅子，一个衣柜。屋顶有一方极小的天窗，半明半昧。靠山坡的墙上总算有窗，要用一截短竹把木条交错的窗棂向上撑起，才能采光。窗外的坡道高几及窗，牧童牵牛而过，常常俯窥我们。

这样的陋室冬冷夏热，可以想见。照明不足，天色很早就暗下来了，所以点灯的时间很长。那是抗战的岁月，正是"非常时期，一切从简"。电线不到的僻壤，江南人所谓的"死乡下"，当然没有电灯。即连蜡烛也贵为奢侈，所以家家户户一灯如豆，灯台里用的都是桐油，而且灯芯难得多条。

半世纪后回顾童年，最难忘的一景就是这么一盏不时抖动的桐油昏灯，勉强拨开周围的夜色，母亲和我就对坐在灯下，一手戴着针箍，另一手握紧针线，向密实难穿的鞋底用力扎刺。我则捧着线装的《古文观止》，吟哦《留侯论》或是《出师表》。此时四野悄悄，但闻风吹虫鸣，尽管一灯如寐，母子脉脉相守之情却与夜同深。

但如此的温馨也并非永久。在朱家祠堂定居的第二年夏天,家人认为我已经十二岁,应该进中学了。正好十里外有一家中学,从南京迁校到"大后方"来,叫做南京青年会中学,简称青中。父亲陪我走了十里山路去该校,我以"同等学力"的资格参加入学考试。不久青中通知我已录取,于是独子生平第一次告别双亲,到学校去寄宿上学,开始做起中学生来。

3

从朱家祠堂走路去青中,前半段五里路是沿着嘉陵江走。先是山路盘旋,要绕过几个小丘,才落到江边踏沙而行。不久悦来场出现在坡顶,便要沿着青石板级攀爬上去。

四川那一带的小镇叫什么"场"的很多。附近就有蔡家场、歇马场、石船场、兴隆场等多处;想必都是镇小人稀,为了生意方便,习于月初月中定期市集,好让各行各业的匠人、小贩从乡下赶来,把细品杂货摆摊求售。四川人叫它做"赶场"。

悦来场在休市的日子人口是否过千,很成问题。取名"悦来",该是《论语》"近者悦,远者来"的意思,满有学问的。镇上只有一条大街,两边少不了茶馆和药铺,加上一些日用必需的杂货店、五金行之类,大概五分钟就走完了。于是街尾就成了路头,背着江边,朝山里蜿蜒而去,再曲折盘旋,上下爬坡,五里路后便到青中了。

4

比起当年重庆那一带的名校,例如南开中学、求精中学、中大附中来,南京青年会中学并不出名,而且地处穷乡,离嘉陵江边也还有好几里路,要去上学,除了走路别无他途,所以全校的学生,把初、高中全加起来,也不过两百多人。

尽管如此,这还是一所好学校,不但办学认真,而且师资充实,加以同学之间十分亲切,功课压力适度,忙里仍可偷闲。老来回忆,仍然怀满孺慕,不禁要叫她一声:"我的母校!"

校园在悦来场的东南,附近地势平旷。大门朝西,对着嘉陵江的方向,门前水光映天,是大片的稻田。农忙季节,村人弯腰插秧,曼声忘情地唱起歌谣,此呼彼应,十分热闹。阴雨天远处会传来布谷咕咕,时起时歇,那喉音柔婉、低沉而带诱惑,令人分心,像情人在远方轻喊着谁。

校后的田埂阡陌交错，好像五柳先生随时会迎面走来，戴着斗笠。晚饭之后到晚自修前，是一天最逍遥最抒情的时辰。三五个同学顶着满天霞彩，踏着懒散的步调，哼着民谣或抗战歌曲，穿过阡陌之网，就走上了一条可通重庆的马路。行人虽然稀少，但南下北上，不时仍会遇见路客骑着小川马达达而来，马铃叮当，后面跟着吆喝的马僮。在没有计程车的年代，出门的经验不会比李白的"行路难"好到哪里去，有如此代步就要算方便的了。有时还会遇见小贩挑着一担细青甘蔗路过，问我们要不要比劈一下。于是大伙挑出瘦长的一根，姑且扶立在地上，说时迟，那时快，削刀狠命地朝下一劈，半根甘蔗便恚然中分，能劈到多长就吃多长。这一招对男生最有诱惑，若有女生围观，当然就更来劲。

以两百学生的规模而言，砖墙瓦顶的挑高校舍已经算体面而且舒适了。这显然曾是士绅人家的深院大宅，除了广庭高厅有台阶递升，一进更上一进之外，还有月洞边门把长廊引向厢房，雕花的窗棂对着石桥与莲池，便用来改成女生宿舍，男生只好止步，徒羡深闺了。

男生宿舍就没有这么好了，隔在第二进的楼上，把两间大房连成兵营似的通舱，对着内院的墙只有下半壁，上半空着，幸有宽檐伸出庇护，不消说冬天有多冷了。冬天夜长尿多，有些同学怕冷恋被，往往憋到天亮。有一个寒夜，邻床的莫之问把自身紧裹在棉被里，像条春卷，然后要我抽出他的腰带，把他脚跟的被角系个密不通风。我虽然比他还怕冷，倒不想采取这非常手段。

夏天更不好过，除了酷热之外，还得学周处除三害：苍蝇、蚊子、臭虫。臭虫之战最有规模，无一幸免。裸露的肉体是现成的美肴，盛暑的晚上正是臭族的良宵。先是有人梦中搔痒，床板在辗转反侧下吱嗝呻吟。继而愤然坐起，"格老子……龟儿子"地喃喃而诉。终于点起桐油灯盏，向上下铺的木架和床板，上下探照，察看敌情。这么一吵，大家都痒醒了，纷纷起来点灯备战，举室晃动着人影。臭虫虽是宵小之辈，潜逃之敏捷却是一流。木床的质料低劣，缝隙尤多，最容易包庇臭族。那些鼓腹掠食的吸血小鬼，六足纤纤，机警得恼人，一转入地下，就难追剿了。于是有人火攻，用桐油灯火去熏洞口，把木床熏得一片烟黑。有人水灌，找来开水兼烫兼淹。如是折腾了大半夜，仲夏夜之梦变成了仲夏夜之魇。

至于六间教室，则是石灰板壁加盖茅草屋顶搭成，乃真正的茅屋。每个年级分用一间，讲课之声则此呼彼应，沉瀣不分。如果那位老师是大声公，就会惊动四邻，害得全校侧耳。其实上午上到第四节课时，男生早已饿了，只盼大赦的下课铃响，老师一合书本，就会泄洪一般，冲出闸门。

当然是冲去饭厅了。两间饭厅相通,一大一小,男生倍于女生,坐在大间,女生则坐小间。训导主任则站在中分的高门槛上,兼顾两边。食时不准喧哗,食毕,男生要等女生鱼贯而出,横越而过,沿着长廊,消失在月洞门里。这是全校男生一览全校女生的紧张时刻,有些女孩会在群童睽睽的注目下不安地傻笑起来,男孩子则与邻座窃笑耳语。晚餐时,这一幕重演一次,但在解散前另有高潮。只因训导主任惯于此时唱名派信,孩子们都竖直耳朵,热切等待主任的大嗓门用南京口音喊出自己的名字。这时正是三十年代转入四十年代,世界上还没有电视,长期抗战的大后方,尤其在悦来场这种地带,连电话和收音机也都没有。每天能在晚霞余晖里收到一封信,总是令人兴奋的。如果一天接到两封,全校都会艳羡。

记得下午都不排课,即使排了,也只有一两节。到了半下午,四点钟左右吧,便有所谓"课外活动",不是上体育课,便是赛球,那便是运动健将们扬威球场的时候了。孩子们兴高采烈,挟着篮球,向一里路外的罗家堡浩荡出发。到得球场,两队人马追奔逐球起来。文静的同学与球无缘,也跟去助阵,充当啦啦队,不然就索性爬到树上,读起旧小说或者翻译的帝俄时代名著来。我也在"树栖族"之列,往往却连《安娜·卡列妮娜》[①]也无心翻

---

① 《安娜·卡列妮娜》:即《安娜·卡列尼娜》。——编者注

看，却凝望着另一只大球，那火艳艳西沉的落日，在惜别的霞光与渐浓的暮霭里，颓然坠入乱山深处。

晚自修从八点到九点半，男生一律在大饭厅上。每人一盏桐油昏灯，一眼望去，点点黄晕映照着满堂圆颅，一律是乌发平顶，别有一种温馨闲逸的气氛。喧闹当然不准，喃喃私语、吃吃窃笑却此起彼落，真正在温课或做习题的实在不多。看书的，所看也多是闲书，包括新文学和外国作品的中译，甚至训导主任禁看的武侠小说。写信、记日记的也有。但最多的是在聚谈，而年轻的饥肠最难安抚，所以九点不到又觉得空了，便大伙画起"鸡脚爪"来，白吃的一位就收钱采购，得跑一趟贩卖部，抱一包花生糖、沙其马之类的回来。

大饭厅的外面有一株高大的银杏树，矗立半空，扇形的丛叶庇荫着校园，像一龛绿沁沁的祝福。整个校园的众生之中，他不但最为硕伟，也最为长寿，显然是清朝的遗老，这一户人家的沧桑荣辱，甚至嘉庆以来、乾隆以来的风霜与旱涝，都记录在他一圈圈年轮的古秘史里。记忆深处，晴天的每一轮红日都从他发际的朝霞里赫赫诞生，而雨天的层云厚积全靠他一肩顶住，一切风声都从他腋下刮起。一场风雨之后，孩子们必定怀着拾金一般的兴奋去他的脚下，一盒又一盒，争捡半圆不扁的美丽白果，好在晚自修时放到桐油灯上去烧烤。只等火候到了，剥地一声，焦壳迸裂，鲜嫩的果仁就香热可嚼了。美食天赐的乡下孩子，能算是命穷吗？

5

青中的良师不少，孙良骥老师尤其是良中之良。他是我们的教务主任，更是吃重的英文老师，教学十分认真，用功的学生敬之，偷懒的学生畏之，我则敬之、爱之，也有三分畏之。他毕业于金陵大学外文系，深谙英文文法，发音则清晰而又洪亮，他教的课你要是还听不明白，就只能怪自己笨了。从初一到高三，我的英文全是他教的，从启蒙到奠基，从发音、文法到修辞，都受益良多。当日如果没有这位严师，日后我大概还会做作家，至于学者，恐怕就无缘了。

孙老师身高不满五尺，才三十多岁，竟已秃顶了。中学生最欠口德，背后总喜欢给老师取绰号，很自然称他"孙光头"。我从不附和他们，就算在背后也不愿以此称呼。可是另一方面，孙老师脸色红润，精神饱满，步伐敏捷，说起话来虽然带点南京腔调，却音量充沛，句读分明。他和我都是四川本地同学所谓的"下江人"，意即长江下游来的外省人，更俚俗的说法便是"脚底下的人"。我到底是小孩，入川不久就已一口巴腔蜀调，可以乱真，所以同学初识，总会问我："你是哪一县来的？"原则上当然已断定我是四川人了。孙老师却学不来川语，第一次来我们班上课，点到侯远贵的名，无人答应，显然迟到了。他再点一次，旁座的同学说："他耍一下儿就来。"孙老师不悦说："都上课了，怎么还在玩耍？"全班都笑起来，因为"耍一下儿"只是"等一下"的意思。

班上有位同学名叫石国玺，古文根柢很好，说话爱"拗文言"，有"老夫子"之称。有一次他居然问孙老师："'目'英文怎么说？"孙老师说："英文叫做wood。"有同学知道他又在"拗文言"了，便对孙老师解释："他不是问'木头'，是问'眼睛'怎么说。"全班大笑。

在孙老师长年的熏陶下，我的英文程度进步很快，到了高二那年，竟然就自己读起兰姆的《莎氏乐府本事》（Charles Lamb: *Tales from Shakespeare*）[1]来了。我立刻发现，英国文学之门已为我开启一条缝隙，里面的宝藏隐约在望。几乎，每天我都要朗读一小时英文作品，顺着悠扬的节奏体会其中的情操与意境。高三

---

[1]《莎氏乐府本事》：又名《莎翁的故事》，今译为《莎士比亚戏剧故事集》，由英国作家查尔斯·兰姆（Charles Lamb）和玛丽·兰姆（Mary Lamb）改写。——编者注

班上,孙老师教我们读伊尔文的《李伯大梦》(*Rip Van Winkle*)[①],课后我再三讽诵,直到流畅无阻,其乐无穷。更有一次,孙老师教到《李氏修辞学》,我一读到丁尼生的《夏洛之淑女》(*The Lady of Shalott*)[②]这两句:

And up and down the people go,
Gazing where the lilies blow...
(而行人上上下下地往来,
凝望着是处有百合盛开)

便直觉必定是好诗,或许那时起缪思[③]就进驻在我的心底了。

至于中国的古典诗词,倒不是靠课本读来,而是自己动手去找各种选集,向其中进一步选择自己钟情的作者;每天也是曼声吟诵,一任其音调沦肌浃髓,化为我自己的脉搏心律。当时我对民初的新诗并不怎么佩服,宁可取法乎上,向李白、苏轼去拜师

---

① 伊尔文即美国作家华盛顿·欧文(Washington Irving)。《李伯大梦》是华盛顿·欧文创作的著名短篇小说,今译为《瑞普·凡·温克尔》。——编者注
② 《夏洛之淑女》:英国诗人阿尔弗雷德·丁尼生(Alfred Tennyson)1883年发表的叙事诗,今译为《夏洛特姑娘》。——编者注
③ 缪思:即缪斯,希腊神话中九位文艺女神的总称。——编者注

习艺。这一些，加上古文与旧小说，对一位高中生说来，发轫已经有余了。在少年的天真自许里，我隐隐觉得自己会成为诗人，当然没料到诗途有如世途，将如是其曲折而漫长，甚至到七十岁以后还在写诗。

青中的同学里下江人当然不多，四川同学里印象最难磨灭的该是吴显恕。他虽是地主之子，却朴实自爱，全无纨绔恶习，性情在爽直之中蕴涵着诙谐，说的四川俚语最逗我发噱。在隆重而无趣的场合，例如纪念周会上，那么肃静无声，他会侧向我的耳际幽幽传来一句戏言，戳破台上大言炎炎的谬处，令我要努力咬唇忍笑。

他家里藏书不少，线装的古籍尤多，常拿来校内献宝。课余我们常会并坐石阶，共读《西厢记》《断鸿零雁记》《婉容词》，至于陶然忘饥。有一次他抱了一叠线装书来校，神情有异，将我拖去一隅，给我看一本"禁书"。原来是大才子袁枚所写的武则天宫闱秽史，床笫之间如在眼前，尤其露骨。现在回想起来，这种文章袁枚是写得出来的。当时两个高中男生，对人道还半懵不懂，却看得心惊肉跳，深怕忽然被训导主任王芷湘破获，同榜开除，身败名裂。

又有一次，他从家中挟来了一部巨型的商务版《英汉大辞典》，这回是公然拿给我共赏的了。这种巨著，连学校的图书馆也未得购藏，我接过手来，海阔天空，恣意豪翻了一阵，真是大开了眼界。不久我当众考问班上的几位高材生："英文最长的字是什么？"大家搜索枯肠，有人大叫一声说："有了，extraterritoriality[①]！"我慢吞吞摇了摇头说："不对，是floccinaucinihilipilification[②]！"说罢更摊开那本《英汉大辞典》，郑重指证。从此我挟洋自重，无事端端会把那部番邦秘笈挟在腋下，施施然走过校园，幻觉自己的博学颇有分量。

另外一位同学却是下江人。我刚进青中时，他已经在高二班，还当了全校军训的大队长，显然是最有前途的高材生。他有一种独来独往、超然自得的灵逸气质，不但谈吐斯文，而且英文显然很好，颇得师长赏识，同学敬佩。

那时全校的寄宿生餐毕，大队长就要先自起立，然后喝令全体同学"起立！"并转身向训导主任行礼，再喝令大家"解散！"我初次离家住校，吃饭又慢，往往最后停筷。袁大队长怜我年幼，也就往往等我放碗，才发"起立"之令。事后他会走过来，和颜悦色劝勉小学弟"要练习吃快一点"，使我既感且愧。

有了这么一位温厚儒雅的大学长，正好让我见贤思齐，就近

[①] extraterritoriality：意为治外法权、领事裁判权。——编者注
[②] floccinaucinihilipilification：意为轻蔑、藐视一切。

亲炙。不料正如古人所说，他终非"池中物"，只在青中借读了一学期，就辗转考进了全中国最好的学府"西南联大"去了。

后来袁可嘉自己却得以亲炙冯至与卞之琳等诗坛前辈，成为四十年代追随艾略特、奥登等主知诗风的少壮前卫。一九四五年抗战胜利，我也追随青年会中学回到我的出生地南京，继续读完高三。那时袁可嘉已成为知名的诗人兼学者，屡在朱光潜主编的《大公报》大公园副刊上发表评论长文，令小学弟不胜钦仰。

五十二年后，当初在悦来场分手的两位同学，才在天翻地覆的战争与斗争之余，重逢于北京。在巴山蜀水有缘相遇，两个乌发平顶的少年头，都被无情的时光漂白了，甚至要漂光了。

而当年这位小学弟，十岁时从古夜郎之国攀山入蜀，十七岁又穿三峡顺流出川，水不回头人也不回头。直到半世纪后，子规不知啼过了几遍，小学弟早就变成了老诗人，才有缘回川。但是这一次不是攀山南来，也并非顺流东下，而是自空而降，落地不是在嘉陵江口，而是在成都平原。但愿下次有缘回川，能重游悦来场那古镇，来江边的沙滩寻找，有无那黑发少年草鞋的痕迹。

二〇〇〇年五月三日

新大陆，旧大陆

1

自从一九四九年七月的一个夏日，我在厦门的码头随母亲登上去香港的轮船，此生就注定了半世纪之久不再见大陆。当时年少，更非先知，怎料得到这一走，早年的大陆岁月就划然终止了。怎料得到，抗战的长魇也不过八年[①]就还乡了，而这次流离，竟然"掉头一去是风吹黑发，回首再来已雪满白头"。怎料得到，当时回顾船尾，落到茫茫的水平线后的，不仅是一屿鼓浪，而是厚载一切的神州。更未料到，从此载我荫我，像诺亚方舟的，是一座灵山仙岛。

---

① 八年：指1937年中国人民全面抗战到1949年取得抗日战争胜利的8年。——编者注

但是不幸中隐藏着幸运，当日那黑发少年已经二十一岁了，汉魂已深，唐命已牢，任你如何"去中国化"都摇撼不了。所以日后记忆之库藏，不，乡思之矿产，可以一凿再凿，采之不尽。丹田自有一个小千世界（microcosm），齐备于我。如果当时我还是一个十三四岁甚或更小的孩童，则耿耿乡心，积薄蕴浅，日后怎么禁得起弥天的欧风美雨？

在妈祖庇佑的蓬莱米岛上一住八年，从台大的插班生变成师大的讲师，从文艺青年变成文坛新秀，从表兄变成男友、新郎然后是父亲，那时并不很怀念大陆，反觉得那一片空阔愈来愈陌生，那陌生的社会正取代了我熟悉的童年。

旧大陆的种种像因缘未了的前世，不续不断，藏在内脏的深处像内伤隐隐，隐隐未发。这么内耗兼偏安，到我三十岁那年，母亲死了，旧大陆似乎更远了。而几乎是同时，珊珊生了，她响亮的啼声似乎是一个新时代在叩门，铜环铿铿。也几乎是同时，新大陆在西半球召我。

2

三去美国，第一次读书，只留一年，后两次教书，各留两年。那时有志青年的正途正是留学,所谓镀金。我一年修得硕士,就迫不及待,匆匆回到岛上,只能算是镀银。我匆匆回来,为了还没有克服丧母之痛,为了丢不下还是新娘的妻子,而新生的女婴还没有抱够,甚至看清。

第一次旅美,我目眩于花旗帝国之新奇富丽,却心怀故国与故岛。

我的乡愁真正转深,在山河的阻隔之上,更与同胞、历史、文化绸缪难解,套牢成一个情意纠结,一个不肯收口的伤口,是在第二次旅美之后。文化充军、语言易境、昼夜颠倒、寒暑悬殊,使我在失去大陆之后更失去孤岛,陷于双重的流离。唯一能依靠甚至主宰的,只剩下中文了。只剩下中文永不缴械,可仗以自卫、驱魔、召魂。

美国的经验似乎是陌生的,但是又不尽然。我出身于外文系,对西方后来居上的第一强国当然不无了解,更不无向往。那时我们读的英文其实是美语,对当代西方生活的印象也大半来自好莱坞。不过我在去美国之前早已读过不少美国文学,甚至为台北与香港的美国新闻处译过五十多首美国诗,而我最早出版的两本中译小说:《老人和大海》《梵谷传》[①],也都是美国作家所写。

---

① 《老人和大海》即《老人与海》,《梵谷传》又译为《梵高传》或《凡·高传》。——编者注

第二次去美国,教书的负担不算很重,而待遇又不薄,更值壮年,体能正当巅峰,自信臻于饱满。为了认识新大陆,做一个真正的现代人,我决定学驾驶,并且用三分之一的年薪买了一辆新车。从此美国之大,高速路之长,东岸与西岸之远,都可以应召而来,绕着我的方向盘旋转。我似乎驰入了惠特曼豪放的新史诗里,一目十行,纵览美利坚魁伟的体魄,汇入了第一世界的荡荡主流。

那当然只是方向盘后最初的幻觉。从大西洋浒到太平洋岸,四轮无阻,纵然蹿遍了二十四州,也不过是被吸入了美利坚抖擞的节奏,随俗流转。高速的康庄大道无远弗届,但没有一条能接到长安。时速七十英里①,纵使将芝城旋成急转的陀螺,也无法抖落岁月的寂寞。四轮之上的逍遥游,不过是一场睁眼的梦游。那几年,尤其当家人尚未越洋去相会,这一缕郁郁的汉魂,深切体认了寂寞的意义:绝对的自由,彻底的寂寞。

第三次再去火鸡帝国,不但寂寞,而且孤高。命运把我的棋子下在西部的首都,城高一英里的丹佛,所谓Mile-High City②。不

---

① 英里:英制长度单位,1英里约合1.61千米。——编者注
② Mile-High City:意为1英里高的城市。——编者注

过这一次我不再逍遥梦游了，只孤悬在落矶峰群①的山影里，两年悠悠的岁月像一程延长的重九登高，但用以辟邪的不是茱萸和菊酒，而是，你再也想不到吧，西部的民谣、乡村歌曲、灵歌、蓝调、摇滚乐。

其实也不是辟邪，而是抵抗寂寞。第一次赴美，我修读的是现代艺术，但认真聆听的是古典音乐，从拉摩听到拉罗，从格希文听到拉赫曼尼诺夫。②其实大半都不算美国音乐，而现代艺术的大师也轮不到美国人。我只是站在美国的窗口，遥窥欧洲罢了。

第二次旅美那两年，正当四披头席卷西方，狄伦也崛起于美国，③我却仍奉古典音乐的正统，浑不知美国青年侧耳倾心的是另一种节奏，和众而又曲高。第三次才轮到我，一个迟到的周郎，来侧耳听赏。于是从却克·贝瑞到艾丽莎·富兰克林，从琼·拜丝到玖妮·米巧，从汉克·威廉姆斯到唐诺文到亚尔伯乐，我买了近百张的此类唱片。④至于四披头的唱片，包括那张封套对折

---

① 落矶峰群：即落基山脉。——编者注
② 拉摩即拉莫，格希文即格什温，拉赫曼尼诺夫即拉赫玛尼诺夫。——编者注
③ 四披头指披头士乐队，狄伦即鲍勃·迪伦。——编者注
④ 却克·贝瑞即查克·贝里，艾丽莎·富兰克林即艾瑞莎·弗兰克林，琼·拜丝即琼·贝兹，玖妮·米巧即琼妮·米切尔，唐诺文即多诺文。——编者注

的《花椒军曹寂寞芳心俱乐部乐队》[1]，我更是搜罗齐全。美国知识青年厌弃正统的美国生活格调，有意"去美国化"，而且拔去"黄蜂"（WASP：White Anglo-Saxon Protestant[2]）的毒刺，所发展出来的嬉皮文化甚至反文化，要在这些江湖乐手的琴音歌韵里才能领会。

这种通俗而不庸俗的江湖风格，对我颇有启发，令我认真思考，摇滚乐何以热而现代诗何以冷，并且领悟，曲高未必和寡，深入不妨浅出。一九七一年我回到台湾，一气呵成的那几首民谣风的短歌：《乡愁》《乡愁四韵》《民歌》《民歌手》，后来果然入乐成曲，汇成了民歌运动，助长了校园歌曲，都是由美国黄蜂社会的此一另类文化所触发、转化而来。

3

第三次旅美后回到台湾，此生的"美国时代"就结束了。后

---

[1] 《花椒军曹寂寞芳心俱乐部乐队》：即《佩珀军士的孤独之心俱乐部乐队》。——编者注

[2] White Anglo-Saxon Protestant：意为白人盎格鲁－撒克逊新教徒。——编者注

来虽然又多次访美，但内心的波动已远不如前，自知新大陆的缘分已尽。一九七四年举家迁去香港，本以为可以近窥大陆，多了解一点日渐陌生的母亲，却没有想到，从此竟开启了去欧洲之门，得以亲近另一个旧大陆，西方的大陆。原本要用香港做北望的看台，不期更进一步，竟找到了西游的跳板。

第一次去英国，是从纽约起飞，伦敦入境的。这样的行程正象征倒溯的怀古。其实当初我去新大陆，也是从西雅图入境，然后是中西部，最后才是东岸。就怀古之旅而言，那渐入渐深的心情真可谓倒啖甘蔗。

美国东岸的地名，以"新"开头的不少，大家习以为常，恐怕很多人都不知道原名是指何处了。纽约人里有多少说得出"约克"在哪里呢？换了是纽罕布什尔、纽泽西①，恐怕也一样。我住惯了美国中西部，初去新英格兰，就处处觉得古旧。在那一带驾车，加油站的工人竟然对我说：Yes, governor②！这"化石口语"据说在今日的英国仍然通用，当时我却受宠若惊，幻觉是走进了旧小说里，听人称我一声"官人"。

这种古腔英国人也会带来东方。香港的"收银处"，中文已

---

① 纽罕布什尔即新罕布什尔，纽泽西即新泽西。——编者注
② governor：意为统治者、总督、主管。——编者注

经古色古香了,但其旁的shroff①就更加冷僻,连在大字典里都查不到,美国人当然更不认得。

到了伦敦,才会觉得美国有多新,多大,多嚣张。英国的计程车是端庄的方轿,司机更像稳健的老绅士,谈吐斯文。泰晤士河边的国会大厦堂皇而不失庄重,那不倒翁的大笨钟阅世太深,钟面上却看不出多少感慨。只有朱红色的双层巴士满街游行,为迟暮而矜持的帝国古都带来童话的稚气。唐宁街十号该是全世界最不起眼的首相府了,跟白金汉宫的排场怎么相比?英国官署所在的White Hall②似乎迄无定译,不知该叫白厅、白堂或白衙。没有人不知道华府有个白宫,但敢说很少人知道伦敦有个白衙。

中文把美国的总统府译成"白宫",歪打正着,恰中洋鸡的下怀。美国人尽管标榜民主,潜意识深处仍以帝国自命,但是总不好意思在波多马克河岸建一座皇宫,也不便在落矶山上盖一座古堡。其实,他们把甘乃迪与贾桂林是当做金童玉女的帝后来移情的。③

不过英国毕竟不算正宗的欧洲。直到一九七八年,我五十

---

① shroff:意为收账员、兑换银钱者、货币鉴定者。——编者注
② White Hall:一般译为白厅。——编者注
③ 甘乃迪即肯尼迪,贾桂林即杰奎琳(肯尼迪夫人)。——编者注

岁时，走在香热里榭①的街头，甚至登临凯旋门上，才真有实践欧土的感觉。如果伦敦是美国人的阁楼，藏着祖父的日记，巴黎就是欧洲人的阳台，可览邻居的花园。巴黎的成功在于包容拔萃，说它是欧洲首府也许还有争议，但是当欧洲的艺都应该同然。梵谷、毕卡索、夏高、莫地里安尼、史特拉文斯基从各国蜂拥来朝圣，肖邦、王尔德、邓肯、布朗库西殊途同归，都来此安息。②欧洲之子爱伦坡没有死在巴黎，太可惜了，幸好他终于复活在法国。

凡坐船进纽约港的人，都会仰见矗立的自由女神，一手握着法典，一手高举着火炬，欢迎前来投奔的移民。那景象太有名了，简直成了美国的店招，却是法国人送给美国人的，设计人也是法国雕塑家巴尔托地③。这是法国精神启发美国的最显赫地标，但其光芒却遮蔽了同一造型的雕塑，许多游客竟然不知道还另有一座，具体而微，竖立在塞纳河上，格禾纳尔桥④畔的一个岛上，正是美国人所回赠。

---

① 香热里榭：即香榭丽舍。——编者注
② 毕卡索即毕加索，夏高即夏加尔，莫地里安尼即莫迪里阿尼，史特拉文斯基即斯特拉文斯基。——编者注
③ 巴尔托地：即巴尔托尔迪。——编者注
④ 格禾纳尔桥：即格勒纳勒桥。——编者注

从初践欧土迄今,我去过的欧洲国家已有十七,约为我周游列国之半;加起来旅欧的时间只有六个月,但启发颇多。于此十七国中,所见当然有深有浅,浅的像卢森堡,只有一夕,他如丹麦与匈牙利,各仅两晚;至于意大利,只到了科摩与米兰,是从瑞士入境,当晚就回露加诺了。①

比较深的是西欧的大国,依次是英、法、德、西。我在这四个国家都开过车,也搭过火车。在英国与德国且开过长途;尤其是在德国,从北到南,自波罗的海畔一直到波定湖②边,纵贯了日耳曼的全长,不但路况完美,秩序井然,而且高速无限,真不愧飙车的"乌托邦"(Autobahn)。德国人在我所见的欧洲人中,是最爱整洁、最守秩序、最为勤奋的民族,一大清早日耳曼人就浩浩荡荡,在街上健步来去了。西班牙人正相反,不但早上人少,而且午休很长,晚餐要拖到九点以后,生活节奏一贯的悠悠缓缓,只有斗牛和跳佛拉曼戈③时才使出劲来。

南欧与北欧之分,全凭阿尔卑斯山系,再加上比利牛斯一脉吧。瑞士恰在分水脊上,南下的火车入隧道之前,轮踩的还是德

---

① 科摩即科莫,露加诺即卢加诺。——编者注
② 波定湖:即博登湖。——编者注
③ 佛拉曼戈:即弗拉明戈。——编者注

语地区，一出隧道，咦，怎么竟闯进意大利语区了呢？德国跟西班牙的对照，也正是北欧与南欧，新教与旧教，矜持与朗爽，日耳曼子音切磋与拉丁文母音圆融的互异。至于法国，则介乎其间，难以归属南北，只能视为西欧。英国更其如此，还带一点偏北。

相对于西欧，东欧从哪里开始呢？德国以东应该就算东欧了，不但由于地理方位，更因波兰、捷克、匈牙利与巴尔干各国多用斯拉夫语，对西欧说来显已非我族类了。我去欧洲二十多年间，前半期多游西欧，后半期也去了东欧，包括匈牙利与捷克，而波兰与俄罗斯甚至各游了两次，对这些国家认识更深。

九十年代初，匈牙利开而不放，观光条件仍差，服务态度生硬而冷漠，但是多瑙河中分的布达佩斯却难掩国色，临流自鉴，明艳十分动人。一条斜行的大街以阿提拉（Atilla）命名，而匈牙利人姓在名前，也令我感到惊喜。至于布拉格，早已敞向西欧甚至全世界了，没有旅客会不喜欢。年轻俊美的海关官员竟然会和旅客开玩笑，反比美国的海关可亲。

在布拉格拥挤的地铁车厢里，一位小学生竟然让座给我。这种礼貌在"自由世界"也很罕见。华沙的街头，汽车也非常有礼，常常慢下来，甚至停下来，让行人过街。莫斯科的麦当劳速食店根本不播音乐，街边确有乞丐，但那些老妪的衣衫都朴素而整洁，只静静坐着，脚边放着空盘，并不追缠游客。满街都是纤修高挑的丽人，轻灵的步态似乎踏着天鹅湖而来，至于小孩子，几乎找不到一个不好看的。

在圣彼得堡，一位俄国教授请我们去他家做客。狭窄的客厅里临时搭起一张餐桌，主客六人必须在迫挤的沙发、书架与钢琴之间绕道而过。那是二〇〇〇年初夏，俄国正苦于粮荒，许多人都被迫上山去采菇充饥了，主人却罄其所有，做了美味的肥菇与鱼汤飨客，我们嚼着、咽着，感动而又不安。想到普希金与托尔斯泰的子孙还有人正蹲在街角行乞，我几度要掉下泪来。

二次大战以后，英语与美国文化逐渐风行；所谓英语，其实是美语，这方面的全球化早已开始了。五十年来，台湾接受西方的影响，主要以美国为门户，其实美国文化只是西方文化的下游。我去欧洲，乃是溯其上源，正如爱伦坡所喟叹的："回到希腊不再的光彩，和罗马已逝的盛况。"然而迄今我始终无缘去两地：原本计划好的亚波罗神庙①之旅，和威尼斯海上之行，先是阻于波斯湾的交兵，继又挫于南斯拉夫的内战。

---

① 亚波罗神庙：即阿波罗神庙。——编者注

4

另一个旧大陆，近十年来却不断召我回去，不是回希腊与罗马，而是回去汉唐。我曾戏言："欧洲是外遇"，然则回到自己的旧大陆，该是探亲，不，省亲了。

自从一九九二年接受北京社科院的邀请初回大陆以来，我已经回去过十五次了，近三年来尤其频密。例如南京，我的出生地，也是我读过小学、中学、大学的古城，三年内我就回去了四次，最近的一次是今年五月，去参加母校南京大学的百年校庆。像我这样在两岸三校（南大、厦大、台大）都是校友的人，恐怕很少了。这样的"圣三位一体"隐喻了我身逢战乱的少年沧桑，滋味本来是苦涩的，不料老来古币忽然变成现金，竟然平添出许多温馨的缘分。在南大校庆的演讲会上，我追述这一程夙缘，把"挤挤一堂"的热切听众称为"我隔代又隔代的学弟学妹"，赢得历久不歇的掌声。

十年来我去过的省份，如吉林、辽宁、黑龙江、湖南、山东、广西，都是第一次去；而访问的名城，如北京、苏州、武汉、广州，小时候也无缘一游。听众和记者常问我回乡有什么感触，我答不出来，只觉得纷沓的记忆像快速的倒带，不知道该在哪里停格，只知道有一样东西咽不下去又吐不出来，像苦涩的喉核，那深刻而盘踞的情结，已根深蒂固，要动大手术才铲除得掉，岂肯轻易被记者或听众挖出。若是母亲能复活，而我又回到二十一岁，那我就会滔滔不绝，向她吐一个痛快。

我的祖籍福建永春，迄今尚未能回去，每次到厦门，都为行程所限，只能向北遥念那一片连绵的铁甲山水，也是承尧叔父的画境。中学时代整整住了七年的四川小镇，江北县悦来场，是我记忆的藏宝图中一个不灭的坐标，也是我近作长文《思蜀》的焦点。我在心底珍藏着它的景象，因为它是我初识造化的样品，见证巴山蜀水原来就如此，也见证一盏桐油灯映照的母子之情。真希望晚年还有缘回去一吊。

至于常州漕桥，我的母籍兼妻乡，也是我江南记忆的依托，今年四月五日倒是回去了一趟。那天正好是清明节，我存[①]和我随众多表亲与更繁的后辈，去镇外的葬场扫墓。只见好多位舅舅的葬处，墓简碑新，显系"文革"期间从他处匆匆迁来，也就因简就陋了。小运河仍然在流着，水色幸而不浊，流势也还顺畅，远远看得见下游那座斑剥的石桥，小时候那句童谣"摇摇摇，摇

[①] 我存：指范我存，作者妻子。——编者注

到外婆桥"似乎还缭绕在桥栏杆上。此外，一切都随波逝去了，只留下河边的一大片菜花田，盛开着那样恣肆的黄艳，像是江南不朽的早春，对忙于加班的蜂群提醒："有些东西永远是不会忘记的。"

乡愁真的能解吗？恐怕未必。故乡纵能回去，时光不可倒流。山河或许长在，但亲人和友人不能点穴或冷冻，五十年不变地等你回去，何况回头的你早已不是离乡的你了。何况即便是山河本身，也难保不变形变色？洞庭不是消瘦了么，湘夫人将安托呢？再迟去一步，三峡就不再是古迹的回廊了。

所以乡愁不全在地理，还有时间的因素，其间更绸缪着历史与文化。同乡会该是乡愁最低的层次；高层次的乡愁该是从小我的这头升华到大我的彼端。七年前我在吉林作协的欢迎会上，追述自己小时候从未去过东北，但老来听人唱"长城外面是故乡"，仍然会震撼肝肠，因为那歌声已深入肺腑；说着，竟忍不住流下泪来。未来如果有人被放逐去外星，回望地球该也会落泪，那便是宇宙的乡愁了。

韦庄词说："未老莫还乡，还乡须断肠。"难道老了再还乡就不会断肠吗？李清照词却可以代我回答："春归秣陵树，人老建康城。"就算春色不变，而归人已老，回乡的沧桑感比起去国的悲怅，又如何呢？

孩时的旧大陆早已消逝，只堪在吾心深处去寻找。我回到生我育我的南京，但父母和同学都已不在，也没有马车辘辘，蹄声铿铿，驶在中山路旁。秣陵树当然还荫在两侧，都是刘纪文市长开路时栽植的法国梧桐，但是树犹如此，还认得当时爱坐在马车夫旁座的少年吗？

不，旧大陆我已经回不去了，迎我的是一个新大陆，一个比美国古老得多同时比美洲更新的大陆。高速公路从上海直达南京与北京，鲜明的绿底白字，说，左转是杭州，右转是无锡。以前是我在美国，用一本中国地图来疗乡愁，现在，是我在新建的沪宁高速公路上，把那张地图摊成廿一世纪明媚的江南水乡。想不到，六十年代在北美洲大平原上的逍遥游，一转眼竟能跳接到姑苏与江宁之间，通向吴越的战场，六朝的古迹。

是啊，我回去的是这样一个新大陆：一个新兴的民族要在秦砖汉瓦、金缕玉衣、长城运河的背景上，建设一个崭新的世纪。这民族能屈能伸，只要能伸，就能够发挥其天才，抖擞其志气，创出令世界刮目的气象来。

二〇〇二年六月于高雄

第二章 故国千里，乡关何处

山　盟

　　山，在那上面等他。从一切历书以前，峻峻然，巍巍然，从五行和八卦以前，就在那上面等他了。树，在那上面等他。从汉时云秦时月从战国的鼓声以前，就在那上面。就在那上面等他了，虬虬蟠蟠，那原始林。太阳，在那上面等他。赫赫洪洪荒荒。太阳就在玉山背后。新铸的古铜锣。当地一声轰响，天下就亮了。

　　这个约会太大，大得有点像宗教。一边是，山，森林，太阳，另一边，仅仅是他。山是岛的贵族，正如树是山的华裔。登岛而不朝山，是无礼。这山盟，一爽竟爽了二十年。其间他曾经屡次渡海，膜拜过太平洋和巴士海峡对岸，多少山。在科罗拉多那山国一闭就闭了两年，海拔一英里之上，高高晴晴冷冷，是六百多天的乡愁。一万四千英尺①以上的不毛高峰,狼牙交错,白森森将他禁锢在里面,远望也不能当归,高歌也不能当泣。他成了世界上最高的浪子,石囚。只是山中的岁月,太长,太静了,连摇滚乐的电吉他也不能一声划破。那种高高在上的岑寂,令他不安。一场大劫正蹂躏着东方,多少族人在水里,火里,唯独他学桓景登高避难,过了两个重九还不下山。

春秋佳日,他常常带了四个小女孩去攀落矶山。心惊胆战,脚麻手酸,好不容易爬到峰巅。站在一丛丛一簇簇的白尖白顶之上,反而怅然若失了。爬啊爬啊爬到这上面来了又怎么样呢?四个小女孩在新大陆玩得很高兴。她们只晓得新大陆,不晓得旧大陆。"问君西游何时还?畏途巉岩不可攀。"忽然他觉得非常疲倦。体魄魁梧的昆仑山,在远方喊他。母亲喊孩子那样喊他回去,那昆仑山系,所有横的岭侧的峰,上面所有的神话和传说。落矶山美是美雄伟是雄伟,可惜没有回忆没有联想不神秘。要神秘就要峨嵋山五台山普陀山武当山青城山华山庐山泰山,多少寺多少塔多少高僧,隐士,豪侠。那一切固然令他神往,可是最最萦心的,是噶达素齐老峰。那是昆仑山之根,黄河之源。那不是朝山,是回家,回到一切的开始。有一天应该站在那上面,下面摊开整幅

---

① 英尺:英制长度单位,1英尺约合0.3米。——编者注

青海高原，看黄河，一条初生的脐带，向星宿海吮取生命。他的魂魄，就化成一只雕，向山下扑去。浩大圆浑的空间，旋，令他目眩。

那只是，想想过瘾罢了。山不转路转，路不转人转。七四七才是一只越洋大雕，把他载回海岛。一九七二年。昆仑山仍在神话和云里。黄河仍在《诗经》里流着。岛有岛神，就先朝岛上的名山吧。

上山那一天，正碰上寒流，气温很低。他们向冷上加冷的高处出发。朱红色的小火车冲破寒雾，在渐渐上升的轨道上奔驰起来，不久，嘉义城就落在背后的平原上了。两侧的甘蔗田和香蕉变成相思树和竹林。过了竹崎，地势渐高渐险，轨旁的林木也渐渐挺直起来，在已经够陡的坡上，将自己拔向更高的空中。最后，车窗外升起铁杉和扁柏，像十里苍苍的仪队，在路侧排开。也许怕风景不够柔媚，偶尔也亮起几树流霞一般明艳的复重樱花，只是惊喜的一瞥，还不够为车道镶一条花边。

路转峰回，小火车呜呜然在狭窄的高架桥上驰过。隔着车窗，山谷愈来愈深，空空茫茫的云气里，脚下远远地，只浮出几丛树尖，下临无地，好令人心悸。不久，黑黝黝的山洞一口接一口来吞噬他们的火车。他们咽进了山的盲肠里，汽笛的惊呼在山的内脏里回荡复回荡。阿里山把他们吞进去吞进去又吐出来，算是朝山之前的小小磨练。后来才发现，山洞一共四十九条，窄桥一共八十九座。一关关闯上去，很有一点《西游记》的味道。

过了十字路，山势益险，饶它是身材窈窕的迷你红火车，到三千多呎①的高坡上，也回身乏术了。不过，难不倒它。行到绝处，车尾忽然变成车头，以退为进，潇潇洒洒，循着Z字形zigzagzig②那样倒溜冰一样倒上山去。同时森林愈见浓密，枝叶交叠的翠盖下，难得射进一隙阳光。浓影所及，车厢里的空气更觉得阴冷逼人。最后一个山洞把他们吐出来，洞外的天蓝得那样彻底，阿里山，已经在脚下了。

终于到了阿里山宾馆，坐在餐厅里。巨幅玻璃窗外，古木寒山，连绵不绝的风景匍匐在他的脚下。风景时时在变，白云怎样回合群峰就怎样浮浮沉沉像嬉戏的列岛。一队白鸽在谷口飞翔，有时退得远远的，有时浪沫一样地忽然卷回来。眺者自眺，飞者自飞。目光所及，横卧的风景手卷一般展过去展过去展开米家霭霭的烟云。他不知该餐脚下的翠微，或是，回过头来，满桌的人间烟火。山中清纯如酿的空气，才吸了几口，饥意便在腹中翻腾

---

① 呎：英尺的旧称。——编者注
② zigzagzig：zig意为作之字形（即z字形）转弯，zag意为急转，英文中经常连用为zigzag。——编者注

起来。他饿得可以餐赤松子之霞,饮麻姑之露。

"爸爸,不要再看了。"佩佩说。

"再不吃,獐肉就要冷了。"咪①也在催。

回过头来,他开始大嚼山珍。

午后的阳光是一种黄橙橙的幸福,他和矗立的原始林和林中一切鸟一切虫自由分享。如果他有那样一把剪刀,他真想把山上的阳光剪一方带回去,挂在他们厦门街的窗上,那样,雨季就不能围困他了。金辉落在人肌肤上,干爽而温暖,可是四周的空气仍然十分寒冽,吸进肺去,使人神清意醒,有一种要飘飘升起的感觉。当然,他并没有就此飞逸,只是他的眼神随昂昂的杉柏从地面拔起,拔起百尺的尊贵和肃穆之上,翠蘖青盖之上,是蓝空,像传说里要我们相信的那样酷蓝。

而且静。海拔七千英尺以上那样的,万籁沉淀到底,阒寂的隔音。值得歌颂的,听觉上全然透明的灵境。森林自由自在地行着深呼吸。柏子闲闲落在地上。绿鸠像隐士一样自管自地吟啸。所以耳神经啊你就像琴弦那么松一松吧今天轮到你休假。没有电铃会奇袭你的没有电话没有喇叭会施刑。没有车要躲灯要看没有

---

① 咪:作者妻子范我存昵称"咪咪"。——编者注

繁复的号码要记没有钟表。就这么走在光洁的青板石道上，听自己清清楚楚的足音，也是一种悦耳的音乐。信步所之，要慢，要快，或者要停。或者让一只蚂蚁横过，再继续向前。或者停下来，读一块开裂的树皮。

或者用惊异的眼光，久久，向僵毙的断树桩默然致敬。整座阿里山就是这么一所户外博物馆，到处暴露着古木的残骸。时间，已经把它们雕成神奇的艺术。虽死不朽，丑到极限竟美了起来。据说，大半是日据时代伐余的红桧巨树，高贵的躯干风中雨中不知矗立了千年百年，恚恚的斧斤过后，不知在什么怀乡的远方为栋为梁，或者凌迟寸磔，散作零零星星的家具器皿。留下这一盘盘一墙墙硕老无朋的树根，夭矫顽强，死而不仆，而日起月落秦风汉雨之后，虬蟠纠结，筋骨尽露的指爪，章鱼似的，犹紧紧抓住当日哺乳的后土不放。霜皮龙鳞，肌理纵横，顽比锈铜废铁，这些久僵的无头尸体早已风化为树精木怪。风高月黑之夜，可以想见满山蠢蠢而动，都是这些残缺的山魈。

幸好此刻太阳犹高，山路犹有人行。艳阳下，有的树桩削顶成台，宽大可坐十人。有的扭曲回旋，畸陋不成形状。有的枯木命大，身后春意不绝，树中之王一传而至二世，再传而至三世，发为三代同堂，不，同根的奇观。先主老死枯槁，蚀成一个巨可行牛的空洞；父王的僵尸上，却亭亭立着青翠的王子。有的昂然庞然，像一个象头，鼻牙嵯峨，神气俨然。更有一些断首缺肢的巨桧，狞然戟刺着半空，犹不甘忘却，谁知道几世纪前的那场暴风雨，劈空而来，横加于他的雷殛。

正嗟叹间，忽闻重物曳引之声，沉甸甸地，辗地而来。异声愈来愈近，在空山里激荡相磨，很是震耳。他外文系出身，自然而然想起凯兹奇尔①的仙山中，隆隆滚球为戏的那群怪人。大家都很紧张。小女孩们不安地抬头看他。辗声更近了。隔着繁密的林木，看见有什么走过来。是——两个人。两个血色红润的山胞，气喘咻咻地拖着直径几约两呎的一截木材，辗着青石板路跑来。怪不得一路上尽是细枝横道，每隔尺许便置一条。原来拉动木材，要靠它们的滑力。两个壮汉哼哼哈哈地曳木而过，脸上臂上，闪着亮油油的汗光。

姐妹潭一掬明澄的寒水，浅可见底。迷你小潭，传说着阿里山上两姐妹殉情的故事。管他是不是真的呢，总比取些道貌可憎的名字好吧。

"你们四姐妹都丢个铜板进去，许个愿吧。"

"看你做爸爸的，何必这么欧化？"

"看你做妈妈的，何必这么缺乏幻想。管它。山神有灵，会

---

① 凯兹奇尔：即卡兹奇山。——编者注

保佑她们的。"

珊珊、幼珊、佩珊,相继投入铜币。眼睛闭起,神色都很庄重,丢罢,都绽开满意的笑容。问她们许些什么大愿时,一个也不肯说。也罢。轮到最小的季珊,只会嬉笑,随随便便丢完了事。问她许的什么愿,她说,我不知道,姐姐丢了,我就要丢。

他把一枚铜币握在手边,走到潭边,面西而立,心中暗暗祷道:"希望有一天能把这几个小姐妹带回家去,带回她们真正的家,去踩那一片博大的后土。新大陆,她们已经去过两次,玩过密西根的雪,涉过落矶山的溪,但从未被长江的水所祝福。希望,有一天能回到后土上去朝山,站在全中国的屋脊上,说,看啊,黄河就从这里出发,长江就在这里吃奶。要是可能,给我七十岁或者六十五,给我一间草庐,在庐山,或是峨嵋山上,给我一根藤杖,一卷七绝,一个琴僮,几位棋友,和许多猴子许多云许多鸟。不过这个愿许得太奢侈了。阿里山神啊,能为我接通海峡对面,五岳千峰的大小神明吗?"

姐妹潭一展笑靥,接去了他的铜币。

"爸爸许得最久了。"幼珊说。

"到了那一天,无论你们嫁到多远的地方去,也不管我的事了。"他说。

"什么意思吗?"

"只有猴子做我的邻居。"他说。

"哎呀好好玩!"

"最后,我也变成一只——千年老猿。像这样。"他做出欲攫季珊的姿态。

"你看爸爸又发神经了。"

慈云寺缺乏那种香火庄严禅房幽深的气氛。岛上的寺庙大半如此,不说也罢。倒是那所"阿里山森林博物馆",规模虽小,陈设也简陋单调,离国际水准很远,却朴拙天然,令人觉得可亲。他在那里面很低回了一阵。才一进馆,颈背上便吹来一股肃杀的冷风。昂过头去,高高的门楣上,一把比一把狞恶,排列着三把青锋逼人的大钢锯。森林的刽子手啊,铁杉与红桧都受害于你们的狼牙。堂下陈列着阿里山五木的平削标本,从浅黄到深灰,色泽不一,依次是铁杉、峦大杉、台湾杉、红桧、扁柏。露天走廊通向陈列室。阿里山上的飞禽走兽,从云豹、麂、山猫、野山羊、黄鼠狼到白头鼯鼠,从绿鸠、蛇鹰到黄鱼鸮,莫不展现它们生命的姿态。一个玻璃瓶里,浮着一具小小的桃花鹿胚胎,白色的胎衣里,鹿婴的眼睛还没有睁开。令他低回的,不是这些,是沿着走廊出来,堂上庞然供立,比一面巨鼓还要硕大的,一截红桧木的横剖面。直径宽于一只大鹰的翼展,堂堂的木面竖在那里,比人还高。树木高贵的族长,它生于宋神宗熙宁十年,也就是西元①一〇七七年。中华民国元年，也就是明治四十五年，日本人采伐它，千里迢迢，运去东京修造神社。想行刑的那一天，须髯临风，倾天柱，倒地根，这长老长啸仆地的时候，已经有八百三十五岁的高龄了。一个生命，从北宋延续到清末，成为中国历史的证人。他伸出手去，抚摸那伟大的横断面。他的指尖溯帝王的朝代而入，止于八百多个同心圆的中心。多么神秘的一点，一个崇高的生命便从此开始。那时苏轼正是壮年，宋朝的文化正盛开，像牡丹盛开在汴梁，欧阳修墓土犹新，黄庭坚周邦彦的灵感犹畅。他的手指按在一个古老的春天上。美丽的年轮轮回着太阳的光圈，一圈一圈向外推开，推向元，推向明，推向清。太美了。太奇妙了。这些黄褐色的曲线，不是年轮，是中国脸上的皱纹。推出去，推向这海岛的历史。哪，也许是这一圈来了葡萄牙人的三桅战船。这一年春天，红毛鬼闯进了海峡。这一年，国姓爷的楼船渡海东来。大概是这一圈杀害了吴凤。有一年龙旗降下升起太阳旗。有一年他自己的海轮来泊在基……不对不对，那是最外的一圈之外了，哪，大约在这里。他从古代的梦中醒来，用手指划着虚空。

"爸爸，你在干什么呀？"季珊抬头看着他。

---

① 西元：即公元。——编者注

他抓住她的小手指,从外向内数,把她的指尖按在第十六圈上。

"公公就是这一年。"他说。

"公公这一年怎么啦?"她问。

走回宾馆,太阳就下山了。宋朝以前就是这样子,汉以前周以前就是这太阳,神农和燧人以前。在那尊巨红桧的心中,春来春去,画了八百圈年轮的长老,就是这太阳。在他眼中,那红桧,和岛上一切的神木,都像小孩子一样幼稚吧。后羿留给我们的,这太阳。

此刻他正向谷口落下去,像那巨红桧小时候看见的那样,缓缓落了下去。千树万树,在无风的岑寂中肃立西望,参加一幕壮丽无比的葬礼。火葬烧着半边天。宇宙在降旗。一轮橙红的火球降下去,降下去,圆得完美无憾的火球啊怪不得一切年轮都是他的摹仿因为太阳造物以他自己的形相。

快要烧完了。日轮半陷在暗红的灰烬里,愈沉愈深。山口外,犹有殿后的霞光在抗拒四周的夜色,横陈在地平线上的,依次是惊红骇黄怅青惘绿和深不可泳的诡蓝渐渐沉溺于苍黛。怔望中,反托在空际的林影全黑了下来。

最后,一切都还给纵横的星斗。

071

但是太阳会收复世界的,在玉山之巅。在崦嵫山里这只火凤凰会铸冶新的光芒。高处不胜苦寒。他在两条厚毛毯里,瑟缩犹难入梦,盘盘旋旋的山路,还在腿上作麻。夜,太静了。毛黑茸茸的森林似乎有均匀的鼾息。不要错过日出不要,他一再提醒自己。我要亲眼看神怎样变戏法,那只火凤凰怎样突破蛋黄怎样飞起来,不要错过不要。他似乎枕在一座活火山上,有一种美丽的不安。梦是一床太短的被,无论如何也盖不完满。约会女友的前夕,从前,也有过这症状。无以名之,叫它做幸福症吧。睡吧睡吧不要真错过了不要。

走到祝山顶上,已经是六点半了。虽然是华氏四十度①的气温,大家都喘着气,微有汗意。脸上都红通通的,"阿里山的姑娘",他戏呼她们。天色透出鱼肚白,群峰睡意尚未消尽。雾气在下面的千壑中聚集。没有风。只有一只鸟,在新鲜的静寂中试投着它的清音。啾啾唧啾啾唧啭啭唧唧。屏息的期待中,东方的天壁已经炙红了一大片。"快起来了,快起来了。"他回过头去,观日楼下的广场上,已然麇集了百多位观众,在迎接太阳的诞生。已经冻红的脸上,更反映着熊熊的霞光。

---

① 华氏四十度:指40华氏度,约合4.4摄氏度。——编者注

"上来了!"

"上来了!"

"太阳上来了上来了!"

浩阔的空间引爆出一阵集体的欢呼。就在同时，巍峨的玉山背后，火山猝发一样迸出了日头，赤金晃晃，千臂投手向他们投过来密密集集的标枪。失声惊呼的同时，一阵刺痛，他的眼睛也中了一枪。簇簇的光，簇新簇新的光，刚刚在太阳的丹炉里炼成，猬集他一身。在清虚无尘的空中飞啊飞啊飞了八分钟，扑到他身上这簇光并未变冷。巨铜锣玉山上捶了又捶，神的噪音金熔熔的赞美诗火山熔浆一样滚滚而来，观礼的凡人全擎起双臂，忘了这是一种无条件降服的仪式在海拔七千呎以上。一座峰接一座峰在接受这样灿烂的祝福，许多绿发童子在接受那长老摩挲头颅。不久，福建和浙江也将天亮。然后是湖北和四川。庐山与衡山。秦岭与巴山。然后是漠漠的青海高原。溯长江溯黄河而上噫吁嚱危乎高哉天苍苍野茫茫的昆仑山天山帕米尔的屋顶。太阳抚摸的，有一天他要用脚踵去膜拜。

可是他不能永远这样许下去，这长愿。四个小女孩在那边喊他。小红火车在高高的站上喊他，因为嘉义在下面的平原上喊小红火车。该回家了，许多声音在下面那世界喊他。许多街许多巷子许多电话电铃许多开会的通知限时信。许多电梯许多电视天线在许多公寓的屋顶。许多许多表格在阴暗的许多抽屉等许多图章的打击。第二手的空气。第三流的水。无孔不入无坚不摧,文明的赞美诗,噪音。什么才是家呢?他属于下面那世界吗?

火车引吭高呼。他们下山了。六千呎。五千五。五千。他的心降下去,四十九个洞。八十九座桥。煞车的声音起自铁轨,令人心烦。把阿里山还给云豹。还给鹰和鸠。还给太阳和那些森林。荷兰旗。日本旗。森林的绿旌绿帜是不降的旗。四十九个洞。千年亿年。让太阳在上面画那些美丽的年轮。

一九七二年二月廿八日

沙田山居

书斋外面是阳台,阳台外面是海,是山,海是碧湛湛的一弯,山是青郁郁的连环。山外有山,最远的翠微淡成一袅青烟,忽焉似有,再顾若无,那便是,大陆的莽莽苍苍了。日月闲闲,有的是时间与空间。一览不尽的青山绿水,马远夏圭①的长幅横披,任风吹,任鹰飞,任渺渺之目舒展来回,而我在其中俯仰天地,呼吸晨昏,竟已有十八个月了。十八个月,也就是说,重九的陶菊已经两开,中秋的苏月已经圆过两次了。

海天相对,中间是山,即使是秋晴的日子,透明的蓝光里,也还有一层轻轻的海气,疑幻疑真,像开着一面玄奥的迷镜,照

---

① 马远夏圭:马远、夏圭二人都为南宋绘画大师,擅长山水画。——编者注

镜的不是人，是神。海与山绸缪在一起，分不出，是海侵入了山间，还是山诱俘了海水，只见海把山围成一角角的半岛，山呢，把海围成了一汪汪的海湾。山色如环，困不住浩森的南海，毕竟在东北方缺了一口，放樯桅出去，风帆进来。最是晴艳的下午，八仙岭下，一艘白色渡轮，迎着酣美的斜阳悠悠向大埔驶去，整个吐雾港平铺着千顷的碧蓝，就为了反衬那一影耀眼的洁白。起风的日子，海吹成了千亩蓝田，无数的百合此开彼落。到了夜深，所有的山影黑沉沉都睡去，远远近近，零零落落的灯全睡去，只留下一阵阵的潮声起伏，永恒的鼾息，撼人的节奏撼我的心血来潮。有时十几盏渔火赫然，浮现在阒黑的海面，排成一弯弧形，把渔网愈收愈小，围成一丛灿灿的金莲。

海围着山，山围着我。沙田山居，峰回路转，我的朝朝暮暮，日起日落，月望月朔，全在此中度过，我成了山人。问余何事栖碧山，笑而不答，山已经代我答了。其实山并未回答，是鸟代山答了，是虫，是松风代山答了。山是禅机深藏的高僧，轻易不开口的。人在楼上倚栏杆，山列坐在四面如十八尊罗汉叠罗汉，相看两不厌。早晨，我攀上佛头去看日出，黄昏，从联合书院的文学院一路走回来，家，在半山腰上等我，那地势，比佛肩要低，却比佛肚子要高些。这时，山什么也不说，只是争噪的鸟雀泄露了他愉悦的心境。等到众鸟栖定，山影茫然，天籁便低沉下去，若断若续，树间的歌者才歇下，草间的吟哦又四起。至于山坳下面那小小的幽谷，形式和地位都相当于佛的肚脐，深凹之中别有一番谐趣。山谷是一个爱音乐的村女，最喜欢学舌拟声，可惜太害羞，技巧不很高明。无论是鸟鸣犬吠，或是火车在谷口扬笛路过，她都要学叫一声，落后半拍，应人的尾音。

从我的楼上望出去，马鞍山奇拔而峭峻，屏于东方，使朝暾姗姗其来迟。鹿山巍然而逼近，魁梧的肩膂遮去了半壁西天，催黄昏早半小时来临，一个分神，夕阳便落进他的僧袖里去了。一炉晚霞，黄铜烧成赤金又化作紫灰与青烟，壮哉崦嵫的神话，太阳的葬礼。阳台上，坐看晚景变幻成夜色，似乎很缓慢，又似乎非常敏捷，才觉霞光烘颊，余曛在树，忽然变生咫尺，眈眈的黑影已伸及你的肘腋，夜，早从你背后袭来。那过程，是一种绝妙的障眼法，非眼睫所能守望的。等到夜色四合，黑暗已成定局，四围的山影，重甸甸阴森森的，令人肃然而恐。尤其是西屏的鹿山，白天还如佛如僧，蔼然可亲，这时竟收起法相，庞然而踞，黑毛茸蒙如一尊暗中伺人的怪兽，隐然，有一种潜伏的不安。

千山磅礴的来势如压，谁敢相撼？但是云烟一起，庄重的山态便改了。雾来的日子，山变成一座座的列屿，在白烟的横波回澜里，载浮载沉。八仙岭果真化作了过海的八仙，时在波上，时在弥漫的云间。有一天早晨，举目一望，八仙和马鞍和远远近近的大小众峰，全不见了，偶尔云开一线，当头的鹿山似从天隙中隐隐相窥，去大埔的车辆出没在半空。我的阳台脱离了一切，下临无地，在汹涌的白涛上自由来去。谷中的鸡犬从云下传来，从夐远的人间。我走去更高处的联合书院上课，满地白云，师生衣袂飘然，都成了神仙。我登上讲坛说道，烟云都穿窗探首来旁听。

起风的日子，一切云云雾雾的朦胧氤氲全被拭净，水光山色，纤毫悉在镜里。原来对岸的八仙岭下，历历可数，有这许多山村野店，水浒人家。半岛的天气一日数变，风骤然而来，从海口长驱直入，脚下的山谷顿成风箱，抽不尽满壑的咆哮翻腾，蹂躏着罗汉松与芦草，掀翻海水，吐着白浪。风是一群透明的猛兽，奔踹而来，呼啸而去。

海潮与风声，即使撼天震地，也不过为无边的静加注荒情与野趣罢了。最令人心动而神往的，却是人为的骚音。从清早到午夜，一天四十多班，在山和海之间，敲轨而来，鸣笛而去的，是九广铁路的客车，货车，猪车。曳着黑烟的飘发，蟠蜿着十三节车厢的修长之躯，这些工业时代的元老级交通工具，仍有旧世界迷人的情调，非协和的超音速飞机所能比拟。山下的铁轨向北延伸，延伸着我的心弦。我的中枢神经，一日四十多次，任南下又北上的千只铁轮轮番敲打，用钢铁火花的壮烈节奏，提醒我，藏

在谷底的并不是洞里桃源,住在山上,我亦非桓景,即使王粲,也不能不下楼去:

  栏干三面压人眉睫是青山
  碧螺黛迤逦的边愁欲连环
  叠嶂之后是重峦,一层淡似一层
  湘云之后是楚烟,山长永远
  五千载与八万万,全在那里面……

关山无月

1

沙田山居十年之后，重回台湾，实在无心再投入台北盆地的红尘，乃卜居高雄，为了海峡的汪洋壮观，西子湾鸿蒙的落日和永不谢歇的浪花。而想起台北的朋友，最令我满足优越感的，是垦丁公园就在附近。正如春到台湾总是我先嗅到，看到，要南下垦丁，先到的也总是我的捷足。所以台北的朋友每次怪而问我："你一个人蹲在南部干什么？"我总是笑而不答。

香港朋友也觉得其中必有什么蹊跷，忍不住纷纷来探个究竟。好吃的，我就带他们去土鸡城吃烧酒鸡，好游的，就带他们去垦丁一看，无不佩服而归。

去年十二月底，金兆和环环也来探虚实。我们，宓宓和我，便带了他们，还有钟玲、君鹤、高岛，一行七人再去垦丁，向隔海的港客炫耀我们的美丽新世界。

2

到垦丁把旅舍安顿之后，高岛就催我们去关山看落日。大家姑妄听之，因为天色已经不早，而云层阴翳，难盼晚霞的奇迹。中途经过龙銮潭，只见一泓寒水映着已晡将暮的天色，那色调，像珍珠背光的一面。潭长几达两公里，大于南仁湖，是垦丁公园里最大的湖了。我们下车看湖，只觉得一片空明冷寂，对岸也只是郁郁的原始丛林，似乎是一览无余了。站久一些，才发现近南岸的沙洲上伫立着三两只苍鹭，背岸向水，像在等潜移的暮色。

"像是从辛弃疾的词里飞来的。"我不禁说。

"其实是过境的水鸟。"年轻的守湖人在背后说。

钟玲见高岛在调整望远镜，向西北方，也就是湖长的另一端不住地窥觑，问他在看什么。

"水鸭呀，"高岛得意地叫起来，"呵，有几百只呢！"

这才发现近北岸处的水面上一片密密麻麻的黑点，于是众人接过望远镜来,轮流观看。幽幽的水光在圆孔里闪来晃去,寻了一阵,才越过一丛丛水生的萤蔺草,召来了那一大群水鸭。放大了,就可见它们在波上浮动不定,黑衣下面露出白羽,头颈和身躯形成的姿态,以书法而言,介于行草之间。

"那是泽凫,"守湖人说着,把他的高倍数望远镜递给我,"跟灰面鹫一样,也是北方的远客,秋来春去。它们是潜水的能手,可是因为尾巴下垂,起飞的时候有点狼狈,在陆地上走也不方便。"

"垦丁公园的候鸟是不是很多?"宓宓问他。

"对呀,百分之四十三都是;有的匆匆在春秋过境,有的夏天才来,像泽凫跟灰面鹫这样来过冬的最多,叫冬候鸟,约占其中的百分之三十四。"

"那其余的呢?"我问。

"其余的百分之五十七都是土生的啰,叫做留鸟。"

"看来鸟世界的外来客,"我说,"比人的世界更多。"

大家都笑起来。那守湖人却说:"只希望这些可爱的过客来去自由,不至于魂断台湾,唉!"

一片噤默。然后我说:"但愿我将来退休后能来陪你做守湖人。"

钟玲说:"史耐德(Gary Snyder)①就在美国西北部的山里做过守林人。他说,他的价值观十分古老,可以推回到新石器时代。"

"对呀,"我说,"垦丁公园应该召募一批青年诗人来做守护员,一来可以为公园驱逐盗贼和猎人,保护禽兽和草木;二来还可以体认自然,充实作品。"

"也应该包括画家和摄影家。"宓宓说着,望望君鹤和高岛。于是大家又笑了。

3

趁着暮色尚薄,我们向关山驶去。一路上坡,有时坡势顿陡。七转八弯之后,终于树丛疏处,来到一片杂有砂石的黄土坳,高岛在前车示意停下。乱石铺就的梯级上是一座宽敞的凉亭,比想象中的要坚实而有气派。大家兴奋地把车上的用具和零食搬上亭去。

"你们看哪,多开阔的景色啊!"第一个登亭的人大叫起来。

---

① 史耐德:即加里·斯奈德。——编者注

大家都怔住了。那样满的一整片水世界，一点警告也没有，猝然开展在我们的脚下。那样的坦露令人吃惊，那样无保留的显示令人惴惴，就算是倒吸一口长气吧，也绝不可能囫囵吞下。何况启示的不仅是下面的沧海，更有上面的苍天，从脚下直到天边的千叠波浪，从头顶直到天边的一层层阴云，暮色中，交接在至深至远的一线水平，更无其他。面对这无所不包的空阔荒旷，像最后的谜面也一下子揭开了，赤裸得可怕，但这样大的谜底，到底，要告诉我们什么呢，反而更成谜了。神谕，赫然就在面前，渺小的我们该怎样诠释？

"你们看，"我说，"远方的水平线好像并不平直，而是弧形，好像海面有点隆起——"

经我一提，大家都左右扫描起来。也不知是否心理作用，竟然都觉得那水平线是弯的了。这么说来，此刻我们目光扫巡的，岂不是一切形象之所托，我们这水陆大球的轮廓了么？如果视界有阻或是立足不高，就不会有这种感觉。但是关山的海拔一五二公尺[①]，又名高山岩，这座观景亭又建在岩边，无遮无蔽地正对着海峡，本就应该大开眼界。这样大的场面以漠漠的海天为背景，也只有落日能当悲壮的主角，可惜天阴不见落日，远处的三五只

[①] 公尺：米的旧称。——编者注

船影，贴在天边，几乎没有动静，只能算临时演员罢了。

"我从来没有一口气见过这么多水。"环环说。

大家都被她逗笑了。宓宓说，那是因为香港多港湾也多岛屿洲矶，而且渡轮穿梭，所以海景虽有曲折之胜，却无眼前这般空旷。

高岛接着说："你们知道大家脚下踩着的这一片山岩，三万年前是在海底吗？"

金兆笑说："怎么会呢？"

"是路嘉煌说的。这一带的地质是珊瑚礁岩层，从海底升上来，每年增高大约五公厘①，你照算好了。他说这就叫沧海桑田。"

"这过程麻姑才看得见。"我说，"中国人一到登高临远，就会想起千古兴亡，几乎成为一种情意结。也许是空间大了，就刺激时间的敏感。陈子昂登高台，看见的不是风景，而是历史，真所谓生年不满百，长怀千岁忧。"

"关山这地名就令人怀古。"钟玲望着陡落的岩岸，若有所思。

高岛说："台湾有好几处地名叫关山。"

"关山难越，谁悲失路之人，"我不禁低吟，"一提到这地名，就令人想起关山行旅，隐隐然不胜其辛劳与哀愁——"

"李白也说，"钟玲紧接下去，"梦魂不到关山难。"

---

① 公厘：即毫米。——编者注

"你们别再掉书袋了,"宓宓从长廊的一头走来,"天都黑下来了,晚饭怎么办呢?"

望海的眼睛全回过眸来,这形而下的问题倒是满重要的。有人主张回旅馆吃,有人说不如去恒春镇上。高岛坚持大家留在亭子里,由他驾车去恒春买晚餐。

"在亭子里吃,呵,最有味道!"他再三强调。

4

目送高岛驾着白色的旅行车上路之后,六个人便忙着布置起来,把零食摆满了一桌,一面等高岛回来,一面大嚼花生。也许真的饿了,也许人多热闹,更因为高亭危岩,海天茫茫而又四围夜色,众人在兴奋之中又带点悲恐,花生的滋味就分外津津可口。君鹤在一旁专司掌灯,把高岛带来的强力瓦斯灯刷地一下点亮,黑暗,跟跟跄跄地一把给推出亭去,而亭柱和栏杆的阴影,长而暧昧地,也给分掷出去,有的,就连亭外的树影,一起扑向附近的岩壁。于是周围好几公里的混沌夜色,平白被我们挖出一个光之洞来,六个人就像史前人一样,背着原始的暗邃,聚守在洞里。

隐隐传来马达的律动。接着一道强光向我们挥来。

"高岛回来了！"大家欢呼。有人站了起来。

那道光扫过亭柱，一排排，狂嚣的引擎声中，曳着一团黑影，掠亭而去，朝猫鼻头的方向。

"是机车。"君鹤说。

"高岛还不来，"钟玲嘀咕，"饿死人了。"

宓宓安慰她说，开车费时，还得点菜呀，还得等呢。高岛最负责任了，很快就会回来的。不知是谁建议，大家轮流追述平生吃过的最美味之菜。立刻有人反对，说这不是整冤枉吗，愈夸愈馋，愈馋愈饿。

"这样吧，"我说，"此情此景，正是讲鬼故事的好地方。不如开讲吧，用恐怖来代替饥饿——"

"那也好不到哪里去。"哄笑声中钟玲反对说。

"你这个人哪，饿也饿不得，吓也吓不得。由不得你了。从前，有一个行人投宿在一家小野店里。那家店陈设简陋，烛火幽暗，临睡之前那路客对着一面烟昏暧昧的旧镜子刷牙。他张口露齿，镜中也有人张口露齿。他挥动牙刷，镜中人也挥动牙刷。他神经质地对镜苦笑，镜中人也报以苦笑。他把嘴闭起，镜中人也——不，却不闭嘴。他一惊，觉得一股冷风飕飕从镜中吹来，伸手一摸，却不是一面镜子——"

众人大叫一声，瓦斯灯也跟着一暗。

"是什么？"环环有点歇斯底里了。

"——是一扇窗子！"

三个女人一声尖叫，君鹤与金兆也面容一肃，然后迸发出一片笑声。不料首灯炯炯探射而来，高岛开车回来了。大家立刻起身欢迎，一阵欣喜的纷乱之后，得来不易的迟到晚餐终于布就，这才发现，除了一大盘香喷喷的烤鸭之外，每人得便当一盒。掀开盒盖，有雪白的热饭，有排骨肉一大块，卤蛋一只，白菜多片。在众人的赞美声中，高岛更兴致勃勃，为每人斟了一杯白兰地。快嚼正酣，忽然有人叹说可惜无汤。

"有啊！"高岛说着，从暗影里的木条凳上提来两只晃荡荡的袋子。大家一看，原来是盛满液汁的塑胶袋，袋口用绳子扎紧。"大的一袋是味噌汤，小的一袋是鱼汤。"

"太好了，太好了！"金兆叹赏道，"在台湾旅行真是方便，不但自己开车，而且随处流连。"

"在香港，你们也没有这么玩过吧？"我说。

"是啊，"环环说，"从没像今天这么尽兴。"

终于吃完了，大家起身舒展一下，便在凉亭里来回散步。这亭子全用桧木建成，没有上漆的原色有一种木德温厚的可亲之感，和周围的景物十分匹配。建筑本身也方正纯朴，排柱与回栏井然可观，面积也相当广阔，可容三四十人。亭底架空，柱基却稳如磐石，地板铺得严密而实在，走在上面，空铿铿的，触觉和听觉都很愉快。这亭子若非虚架而高，坐在里面也就没有这种凌越一切而与海天相接的意气。垦丁公园的设计，淡中有味，平中见巧，真是难得。

众人都靠在面海的长栏杆上，静对夜色。高岛走回亭中，把挂在梁上的灯熄掉。没有缺口的黑暗恢复了完整。几分钟的不惯之后，就发现名为黑暗的夜色其实只是曚昧，浅灰而微明，像毛玻璃那么迟钝，但仍能反衬出山头和树顶蠢蠢欲动的轮廓。海面一片沉寂，一百多公尺的陡坡下是颇宽的珊瑚礁岸，粗糙而黝黑，却有一星火光，像是有人在露营。浅弧的岸线向北弯，止于一角斜长的岬坡，踞若猛兽。

"那便是大平顶，"高岛说，"比我们这边还高。"

"那么岸边，低处那一堆灯火是什么村庄呢？"

"哦，那是红柴坑。"高岛说。

"近处的灯火是红柴坑，"君鹤说，"远一点的，恐怕是——蚵广嘴。"

真是有趣的地名，令人难忘。民间的地名总是具体而妥贴的，官方一改名往往就抽象空洞了。众人看完了海岸，又回过头来望着背后的山头，参差的树顶依然剪影在天边，而天色依然不黑下来，反而有点月升前的薄明。徒然期待了一阵子，依然无月。

"幸好没有什么风，"君鹤说，"否则在这高处会受不了。"

"可惜也没有月亮，"我说，"否则就可看关山月了。"

"不过今晚还是值得纪念的。"高岛说着，无中生有地取出一把口琴来，吹起豪壮的电影曲《大江东去》。毕竟是口琴，那单薄而纯情的金属颤音在寒悠悠的高敞空间，显得有些悲凉。钟玲、宓宓和我应着琴韵唱了起来。大江东去，江水滔滔不回头，啊，不回头。金兆和环环默然听着，不知道他们在想些什么。也许是他们的年轻时代吧！那时，他们还在海峡的对岸，远远在北方，冬之候鸟，泽凫和伯劳，就从那高纬飞来。有时候，一首歌能带人到另一个世界。

口琴带着我们，又唱了几支老歌。歌短而韵长，牵动无穷的联想。然后一切又还给了岑寂与空旷。红柴坑和蚵广嘴的疏灯，依然在脚底闪烁，应着远空的星光两三。酒意渐退，而海天无边无际的压力却愈来愈强。经过一番音乐之后，尽管是那么小的乐器，那么古远的歌，我们对夜色的抵抗力却已降到最低。最后是钟玲打了一个喷嚏，高岛说：

"明天一早还要去龙坑看日出，五点就起床。我们回去吧。"

一九八七年二月一日

水乡招魂——记汨罗江现场祭屈

1

整座屈子祠都已静了下来,就连前后三进的所有木雕石刻,纵联横匾,神龛上的翔凤、游龙、奔马,也已肃然无声。就连户外的人语喧阗,整座玉笥山的熙熙攘攘,忽然也都淀定。只有伫立三米的诗人金像,手按长剑,脚踏风涛,忧郁望乡的眼神似乎醒了过来。有一种悲剧的压力压迫着今天这祭祀典礼。诗人生于寅年寅月寅日,但人间永记不忘的是他的忌辰,五月初五,只因他的永生是从他的死日,从孤注一投的那刻开始。

祭屈的仪式定于九点零九分由湖南电视台向全国直播,时间正一分一秒地在倒数,隆重而又紧张。在两株三百年的高桂树下,中庭站满了参祭的人。面对"故楚三闾大夫屈原牌位"的神龛，肃立着青袍黑褂的主祭官，侧立龛旁的是麻衣麻帽的司仪。高门槛外，前排站着十人，分成左右两列。左列五人是作家，左起依序是陈亚先、韩少功、李元洛、谭谈，和年纪最长的他，越海峡而来的诗人。右列也是五人，都是岳阳的官员。在他们背后，是六队龙舟选手的代表，肩上扛着卸下的龙头，其中也有体态健美的外国女选手。再后面就是照壁了，高冠束发，忧容戚戚的屈原画像，略带立体画派的风格，似在远眺郢都，而非俯视满庭的祭者；两侧的对联是"招魂三户地，呵壁九歌心"。

古桂的上面，是半明半昧的薄阴天，时下时歇地落着细雨。祭屈的天气应该如此。幸而雨势一直霏霏，他和同排的作家一样，也披着金黄耀眼的祭礼绶带，多少遮住了一些雨丝。他下了决心，就算雨势变大，他也不会用伞。淋一点雨，比起被洪流吞没，算得了什么呢？

插地的长支礼香，高及人头，白烟袅袅，在雨中盘旋，是为灵均招魂吗？正出神间，忽然一声断喝："肃静！"十秒钟后，又一声喝："举行致祭三闾大夫尊神礼！"于是执事设香案、食案、馔案，献果、献粽、献三牲，设束帛，上龙头。接着麻衣的司仪一连串喝道：

起鼓！鼓三通！

鸣钟！钟三叩！

奏大乐！大乐三吹！

起小乐！小乐三奏！

钟鼓齐鸣，声炮！

壮烈的鞭炮鞭笞着怯懦的耳神经，直到祭众都热血沸腾，有烈士的幻觉。终于戛然声止。主祭官就位，跪在神位前面。执事爵酒、授酒、灌地、反樽。司仪唱道："叩首！叩首！三叩首！主祭人起立，复位！"此时一乡耆开始诵读祭文，一吟三叹的湘音十分哀痛，波下的大夫听到，想必也会鲛泪成串吧。祭文诵了五分钟，同时有两名执事为龙头上红。终于轮到官员与作家了。他领先与其他作家到盆架前去净手，然后在神位前排好，三揖首后，回列复位。最后是龙舟弟子就位跪地，行三叩首。司仪再唱："主祭人引龙舟弟子请龙神上舟！"整个祭式在二十一分钟内结束。

2

龙舟竞渡起源于岳阳，从一九八〇年代以来，岳阳举办了十次国际龙舟比赛，但千禧年后却停办了五年。今年恢复举行，不但更加隆重，而且把比赛从岳阳的南湖移来汨罗江上，也就是屈原投水的现场，那气氛便更加真切了。其近因，就是韩国也正向联合国申请，把端午指定为文化遗产，大陆的文化界当然大感不满，不甘悠久的传统被人攘夺，网络的反应尤其激动。其实韩国民俗的端午叫做"端午祭"，不是"端午节"，祭祀的对象不是屈原，而是大关岭山神；至于中国民间的习俗，例如挂菖蒲、吃粽子、饮雄黄酒等等，并不行于韩国，更不论龙舟竞渡了。

"日落长沙秋色远，不知何处吊湘君？"三湘的名胜古迹，处处都是历史的余韵、传说的回声。即使短短的一条汨罗江吧，岸边就安息着屈原、杜甫，汉族的两大诗魂，同样都忧国忧民，同样都北望怀乡，所以流吧汨水，吟吧罗江，悠悠的安魂曲永不停息。

屈原一死，诗人有节。祭屈的端午节，颂屈的龙舟赛，如此盛典，何须千里迢迢，从海峡对面邀一位老诗人来主风骚，他的年岁远远超过了诗祖与诗圣？接到湖南卫视邀请的传真，他心中满是"招魂"的殊荣，说不出究竟是要他去汨罗为屈子招魂，还是汨罗的江声在招他的七魄？

不过湖南卫视的制片人李泓荔却说动了他。"早在一九五一年，"她的传真信说，"您就写下了《淡水河边吊屈原》了：'悲苦时高歌一节离骚，/千古的志士泪涌如潮。/那浅浅的一湾汨罗江水/灌溉着天下诗人的骄傲！'后来的《水仙操》《竞渡》《漂给屈原》《凭我一哭》等等，也都脍炙人口。所以……"

既然湖南人认为可以，汨罗江现场的盛典他怎能错过？终于他的飞机在长沙的夜色中降落，李泓荔和卫视的嬉哈族连夜把他接去了汨罗市，并要他明天，也就是端午的清晨，六点必须起身，才赶得上九点的祭礼。

这是他再度访湘了。六年前中秋的前夕，他应湖南作协邀请，曾经有十日的三湘之行。第一场演讲在岳麓书院，满庭桂花的清香，秋雨空濛，时落时歇。他站在堂上演讲，四百多位听众一律瑟缩在浅青的雨衣雨帽里，雨势变骤，也无人退席。不敢辜负这一份殊荣，他讲得格外用心，答问也字斟句酌，对冒雨而来的听众也再三致意，深恐朱熹不满，会从那一块匾后传来咳声。

由李元洛、水运宪与其他的湖南作家陪着，他顶礼了汨罗，泛览了洞庭，登了岳阳楼，攀了张家界，并在岳阳师院、常德师院、武陵大学先后讲学，印象很深，感慨无已。只恨回到台湾，立刻陷于杂务，竟无一行半句记其盛况，以报湘人。对于他交的白卷，全程伴随的李元洛相当不满，告诉他"湖南人反应强烈"，令他六年来长怀歉疚。

但湖南卫视似乎不计较这些，竟然在六年后请他专程赴湘，去汨罗江上，参加与岳麓讲坛可以比美的盛会。不，湖南人并没有对他绝望。六年赎罪，有效期还没满。

当然，上次三湘行旅，他留下的也并非全然白卷。在常德他参观了壮阔的"诗墙"。墙在沅江北岸，依江堤建成，上面刻了从屈原起，历经宋玉、王粲、陶潜、李白、杜甫、刘禹锡、苏轼、范成大以迄秋瑾、柳亚子、鲁迅、郁达夫、徐悲鸿、聂绀弩、俞平伯等人的诗词近一千首。新诗上墙的也有五六十首之多，他的《乡愁》、洛夫的《边界望乡》、郑愁予的《错误》也在其列。主人请他题词，他题了"诗国长城"四字，又添了两句："外抵洪水，内抗时光"。

赴岳阳途中，祭于屈子祠堂，忽有悲风掠过江面，他为之怅然，题了这么四句："烈士的终点就是诗人的起点？/昔日你问天，今日我问河/而河不答，只悲风吹来水面/悠悠西去依然是汨罗。"即兴的断句，题过也就忘了，不料元洛有心，竟收在追述的游记里。泓荔在传真信里，也引了这些断句，来印证他的旧游。

忘了的断句回到面前，他觉得大可用来开篇，就将它续成了一首二十四行的新作，题为《汨罗江神》，在出发前夕传去长沙。在国际龙舟赛的现场，只朗诵旧作来吊最早的民族诗宗，未免避重就轻，不够虔敬。为祭屈盛会而另赋新诗，才显得专程的专诚。湖南卫视收到《汨罗江神》，也立刻发给了长沙和岳阳的报纸。

但是令湖南人感受最深,因此也引用最频的,却是他多年前讲过的一句话:"蓝墨水的上游是汨罗江。"这句话是何时讲的,究竟出现在什么文章,他自己也记不得了。黄维梁翻遍他的文集,也找不到。但是近年在湘人的文章里,这句话常见引用,不但出现在汨罗市的各种文宣或龙舟赛的场刊,甚至变成红底白字,在街头的标语上招展。

3

屈子祠的祭祀一结束,众人便领他急步走到江边,把他送上一艘快艇。艇上挤了五个人,匆匆披上雨衣,戴上雨帽,便向上游疾驶而去。雨势不大,但高速的逆冲硬顶,却招来激动的风浪,浪花飞扬。卫视的王燕瑟缩在雨衣里,想超过船尾马达的嚣张跟他说话。她的话一半被马达搅乱,一半被江风刮散,只能对他傻笑。快艇一共三条,他们的在中间,像三把快剪将水面剪开,只顾向前猛裁,却不能将裂口缝上。

零零落落有几头母牛带着小牛,在河洲上闲闲吃草,对三条快艇骚动的追逐,并不很在意。两千年前的那一个端午,有牧童或者渔父,见到一位憔悴的老者,远远在江边徘徊的背影吗?

过了这一片空阔的野岸，京广铁路的大桥就压顶而来，罗水也就在此汇入了汨水，合为汨罗江向西北流去。快艇却逆流而上，向东南方的汨罗新市街冲去。江面宽约两百多米，水流可算清畅，渔父不但可以濯足，甚至可以濯缨。这时两岸人影渐多，色泽鲜丽的彩船迎面而来，稚气可掬，像是童话里漂来的纸船，不是来迎三条鲁莽的快艇，而是来接从秭归送粽子来的木船。

马达声小了，王燕向他解释："那木船七天前就从秭归出发，一路顺长江南下，要过洞庭湖，才来到汨罗江。沿途的市镇都把当地的粽子送上船来，象征全民都参加屈原的祭礼……"

"太好了，"他不禁赞叹，"秭归是屈原的生地，汨罗是屈原的死所。这离骚的一生，用一条满载粽香的木船来巡礼，灵均的水魂也感到安慰了吧。杜甫的墓也在汨罗江边，还没有这样的待遇呢。"

大家笑了起来。快艇也慢了，国际龙舟赛的现场到了。观礼台在北岸，衣伞密集，彩旗缤纷，一排排挤满了宾客，有三千人。但比起两岸的观众来，这区区人数又不足道了。他一瞥对岸，大吃一惊。岸坡上人影交叠，层层紧压，找不到一点空隙，隔水眺去，只见人头一片，像一块密密实实的黑芝麻糕，拼成了一道人墙，几里路绵延不断。报上无论是事前预告或事后报导，都说观众有三十万人。

4

快艇把他和王燕等人送到赛舟的码头,开幕典礼已经将近半场。看台前的江边广场,在"祭屈"大幡的招展下,五光十色,排满了舞龙队、划桨手、诵诗学童。锣声的金嗓子、鼓声的肺活量,正尽情地施展,务必将节庆的气氛推向最高潮。

"九龙狂闹汨罗江"的节目已近尾声。龙生九子,九队舞龙蟠蜿作势,正向造船场游去,迎接一条刚完工的新龙舟。二十名赤着上身的壮男扛起新生的龙舟向高扬的大幡走去。等到新船上了架,一名壮夫就扛着卸下的龙头,走入江中去浸活水,然后又把它装回龙身。又一人杀了公鸡,将血灌入龙口。巫师上前,挥动艾叶,向龙身洒遍雄黄酒。于是山鬼幢幢,绕船跳起巫舞。最后九龙退场。

接着是高跷队游行进场。颤巍巍踏空而来,领头的人物当然是端午的主角,屈原。当然是高冠岌岌,面容戚戚,黑衣白裳,悲剧的高瘦身影。就是三闾大夫了。每次他见到毕卡索画的唐吉诃德①,总是联想到屈原。

---

① 唐吉诃德:大陆译为堂吉诃德。——编者注

接着出场的都是民俗的故事：腾云驾雾而来的，有岳飞、程咬金、薛丁山、穆桂英、苏三、孙悟空、卖油郎、托塔李天王……锣鼓当然不免又卖力助阵。

5

这时，在彩船的簇拥下，龙头闪金的运粽木船已经停靠在"祭屈"的高幡下面。高跷游行退场之后，观众纷纷向码头麇集。典礼的节目终于从民俗回归历史，聚焦到屈原本身。看台的麦克风提高分贝，向观众宣布海峡对岸的诗人已来到现场，即将主持祭吊屈原的诵诗。他在金童玉女的伴随下，被引出列，越过广场，登上岸边的祭坛。同时有三百青衣的童男，三百红衣的童女，已在祭坛右侧各自排成三列。每人都舞动手持的艾叶。

六百人的诵诗队齐声朗诵《离骚》的名句："路漫漫其修远兮，吾将上下而求索。"诵完第二遍，独立祭台的他，便开始朗诵自己为目前这盛典新写的《汨罗江神》：

烈士的终站就是诗人的起点？
昔日你问天，今日我问河

而河不答，只悲风吹来水面

悠悠西去依然是汨罗

一面诵着，他听见自己的嗓音，经过扩音喇叭的提高并推广，掠过空阔的水面，湿湿地，在阴沉的雨云下仿佛有回音。这异样的感觉前所未有。他的声音，此刻，正摇撼着六十万只耳膜。透过现场直播，当然，侧耳还不止此数。可是屈原听见了吗？听见了，又有何感想呢？此刻，他立足的地方正是屈原投江的岸上，而听他诵诗的，正是同样的江湖，同样的鱼虾，还有隔代又隔代，湘楚的后人。

"灵之来兮如云"，真的吗？屈原的灵魂，此刻，正缭绕在高挑的大幡上吗？

他感奋的联想层出不穷，但当时在现场，他一诵完《汨罗江神》的前四句，六百童男童女立刻接了过去，把后面的八句齐声诵完：

鼓声紧迫，百船争先

旗号翻飞，千桨破浪

你仿佛在前面引路

带我们去追古远的芬芳

历史遗恨，用诗来弥补，江神

长发飘风的背影啊

回一回头，挥一挥手吧

在波上等一等我们

《汨罗江神》的原文有三段二十四行，端午节当天刊于《中国时报》；在湖南则端午前一日已刊于《潇湘晨报》与《岳阳晚报》，后一日又见于《长沙晚报》。但是考虑在龙舟比赛的现场，诵诗不宜太长，他行前又将此诗浓缩为十二行，仍是三段，也就是此刻他站在祭坛上领着两岸观众齐诵的版本。事后仍有不少读者向湖南卫视索取此诗。

祭屈合诵完毕，他从秭归来人的手中接过黄宣纸一叠叠的祭文，投入火舌抖擞的钵里，算是焚寄给灵均了。接着又接过船上载来的一篮粽子，将自己从台湾带去的五只大粽加了进去，拎到江边，一只只投入水中。那该是他身为诗人，一生中最有象征意义的一个手势了。从台湾带去的五只粽子，是诗友愚溪所赠。诗友绝对没料到，粽子千千万万，那五只真的投进汨罗江水，专程献到屈原面前了。

电视镜头转向江边，去照一位歌手，窈窕地立在一张青青的大荷叶下，唱起《世界有条汨罗江》来。他这次湘行的任务已经结束，只等下午，李元洛与潘刚强一行带他去汨罗更上游的杜甫墓地。

至于国际龙舟赛的盛况，他自己忙于接受采访，反而未能亲睹，只从报端得知，男子队菲律宾以百分之六秒微差夺得冠军，株洲队与汨罗队分获亚军、季军。女子队则全由中华的巾英获奖，冠军归于株洲。

八月初他又去大连参加书展，成为签名二老之次老。元老文怀沙先生，已经九秩有六，前年金华盛会，曾将一座八公斤"中华当代诗魂金奖"之沉重，郑重交到他手上，令他印象很深。大连重逢，文先生当筵纵论前贤，横数时彦，语惊四座，有王尔德之风。并将半世纪前自己的旧作《屈骚流韵》一套四卷，题赠给他，落款"燕叟文怀沙"。文先生乃国学名家，更是楚辞知音，这部注释今译，得之不易。

或许屈原波下有知，真的收到了他焚寄的献诗，接住了他拜祭的投粽，冥冥之中，竟遣逍遥燕叟也去大连，不落言筌地将楚骚流韵奖赏给他吧？天何言哉？天不可问，维人自知。

二○○五年九月六、七日

片瓦渡海

1

从江北国际机场出来,天已经黑下来了。毕竟是大陆性气候,正在寒露与霜降之间,夜凉侵肘,告诉远客,北回归线的余炎早抛在背后了。明蓉把我们接上工商大学的校车,平直宽坦的高速公路把我们迎去南岸。路灯高而且密,灯光织成繁华的气氛。不过长途的终点若是一个陌生的城市,而抵达时又已天黑,就会有梦幻之感,感到有点恍惚不安。

说重庆是一个"陌生"城市,未免可笑。少年时代我在这一带足足住过七年,怎么形容也绝非陌生;但毕竟是六十年前的事情,沧桑之余,无论如何也绝非"熟悉"了。车向南行,渐浓的夜色中，明蓉指着对江的一簇簇摩天楼说："那边正是重庆，你还认得出吗？"我怎么认得出呢？成簇成丛的蜃楼水市，千门万户，几乎都在五十层以上。六十年不见，重庆不但长大了，而且长高了那么多，而且灯火那么热闹，反而年轻起来。不但我不敢认他，他，只怕更不认我了吧？

第二天一早，王崇举校长就来翠林宾馆，陪我们夫妻在校园散步。校园很广，散布在斜向江岸的山坡上，高楼丛树，随坡势上下错落，回旋掩映，所以散步就是爬山。秋雨霏霏，王校长和我共伞，一面指点着寒林深涧，有山泉泠泠流来，穿石桥更往下注。他又带我们和徐学转上一条很陡的山径，青板石阶盘旋南去，没入蔽天林荫。他说这条路叫做"渝黔古道"，工商大学的校园正是起点。我们仰望一径通幽，怀古未已，王校长又带我们曲折下山，来到一个井旁。那是一口开敞的古井，宽约四尺见方，水面一片虚明。王校长说这是传说已久的仙泉，饮之可除百病，而且不论雨旱，总是水量饱满。我立刻用瓢舀了仙水，浅尝了一口，顿觉清甘入喉，又喂了我存一口。这才注意到附近的瓶瓶罐罐，散置了一地，村民或用手提，或用车推，几乎不绝于途。黄老之治的校长在一旁顾而乐之，有福与民共享。

两岸交流以来，这是我第三次访蜀，却是第一次访渝。承蒙蜀人厚爱，每一次待我都像游子还乡，媒体报导都洋溢乡情。这一次回重庆，前后七天，演讲三次，前两次在工商大学与教育学院，依次是"中文不朽——面对全球化的母语""诗与音乐"。第三讲在三峡博物馆，题为"旅行与文化"。此外，工商大学更为我安排了紧凑的日程，先后带我去了朝天门、瓷器口、悦来镇、大足石刻博物馆、江碧波画室、重庆艺术学院。

2

凡是未登朝天门北望的人，都不能自称到过重庆。因为这是水陆重庆的看台，巴蜀向世界敞开的大门。有人不免会想到三峡，不过三峡长胜于宽，历史与传说回音不断，就像河西走廊一样，与其说是大门，不如说是长廊。

门谓朝天，据说是明初戴鼎建城，依九宫八卦之数置门十七之多：朝天门在重庆半岛尖端，面向帝都金陵，百官迎接御史，就在此门。

细雨洒面，烟波浩渺，嘉陵江从西来，就在广场的脚下汇入了长江的主流，共同滚滚北去，较清的一股是嘉陵之水，主流则呈现黄褐。江面颇宽，合流处更形空阔。俯临在水域上空，重庆、江北、南岸，鼎立而三，矗起的立体建筑，遥遥相望，加上层楼背后的山影叠翠，神工之雄伟，人力之壮丽，那气象，该是西南第一。

倚立在螺旋形栏杆旁边，我有"就位"之感。此刻我站的位置，正是少年时代回忆的焦点，因为两条大河在此合流，把焦点对准了。人云回乡可解乡愁，其实未必。时代变得太快，沧桑密度加深。六十年前，在这码头随母亲登上招商局的轮船，一路顺流回去"下江"的，是一个十八岁的男孩，胜利还乡的喜悦，并不能抵偿离蜀的依依。那许多好同学啊，一出三峡，此生恐怕就无缘重见了。那时的重庆，尽管是战时的陪都，哪有今日的重庆这么高俊、挺拔？朝天门简陋的陡坡上，熙熙攘攘，大呼小叫的，多是黝黑瘦小的挑夫、在滑竿重负下喘息的轿夫、背行李提包袱的乡人，或是蹲在长凳上抽旱烟的老人。因为抗战苦啊蜀道更难，我这羞怯的乡下孩子进一趟城是天大的事，步行加上骑小川马，至少一整个下午；而坐小火轮顺嘉陵江南下，一路摇摇摆摆，马达声虐耳扑扑不停，也得耗两个钟头。那时候，泡茶馆是小市民主要的消遣；加一包花生、瓜子或蚕豆，就可以围着四方小桌或躺在竹睡椅上，逍遥半个夏日，或打瞌睡，或看旧小说与帝俄小说的译本，或看晚报，或与三两好友"摆龙门阵"。这一切比起今日的咖啡馆、火锅店，似乎太土太老旧了，但今日的重庆，新而又帅，高而又炫，却无门可通我的少年世界。

不过倚望着逝者如斯，不舍昼夜，我仍然有"归位"的快感。人造的世界虽剧变而难留，神辟的天地仍凿凿可以指认。脚下这两条洪流，长江远从漠漠的青藏高原，嘉陵江远从巍巍的秦岭，一路澎湃，排开千山万壁的阻碍，来这半岛的尖端会师，然后北上东去，去撞开三峡的窄门，浩荡向海。这千古不爽的约会，任何人力都休想阻挡。如果黄河是民族的父河，长江该是民族的母江，永不断奶，永远不可以断奶。江河是山岳派去朝海的使者，支流与溪川，扈从无数。嘉陵江簇拥着长江，是何等壮阔的气派，这气派，到下游汉水率百川来追随，我也曾在晴川阁上豪览。

我这一生，不是依江，便是傍海，与水世界有缘。生在南京，童年多在江南的泽国，脚印无非沿着京沪铁轨，广义说来，长江下游是我的摇篮、木马。抗战时期，日本人把我从下游赶来上游，中学六年就在这脚下茫茫的江水，嘉陵投怀于母水的三角地带，涛声盈耳地度过。战后回到石头城，又归位于浩荡的下游。所以我的早年岁月，总离不开这一条母河。至于其余岁月，不是香港，就是台湾，河短而海阔，一条水平线伴我，足足三十二年。

而今重上朝天门，白首回望，虽然水非前水，但是江仍故江，而望江的我，尽管饱经风霜，但世故的深处仍未泯，当年那"川娃儿"跃跃的童心。

3

那一片未泯的童心引我,在访渝的第五天,载欣载奔,终于回到悦来场。

毕竟是六十年前的事了,为了我能够顺利寻根,重庆工商大学的胡明蓉女士事先曾三度到北郊的悦来场,去探访我的母校与故居。时光的迷雾岂能一拨就开?苏武回头不过十九年,陆游再遇也仅四十年,而过了六十载呢,岂能奢求母校与故居依旧,痴痴地等一个少年回家。明蓉锲而不舍,旧址是找到了,但是屋舍都已经拆了改建,连老树也未能逃过斧锯。所幸长寿的人还留下一些,犹可见证我劫后归来的幼稚前身。

最后,她给了我一张"清单",上面的十五个人名分成四类,计有青年会中学的同班同学两人,校友十人,童年玩伴两人,校工一人,每人名后还注明现况与电话号码。她还说,名单上的人大半会来迎接,住得远的会有的士接送。

那一天阴雨顿歇,一行人乘了两辆车向北驶去。悦来场在重庆北方约四十公里,是渝北区所辖,现已改名悦来镇。到镇上已近中午,与区镇领导、媒体记者等有简短的会谈,接着便去看江边的码头。

浓绿的树荫下，石阶宽阔，顺着坡势斜落向江边。连日秋雨，阶石和草坡还没有收干，泥味和水气沆瀣一体，唤醒记忆深处蠢蠢的嗅觉。青苔满布在石砌的短栏上，阴郁一如当年。最难忘的是坡底滔滔的江水，一路迂回从秦中流来，到此江阔水盛，已成下游，流势却仍湍急，与我少年的脉搏呼应。

我在外这么多年，大陆的江湖由大变小，由深变浅，由清波变成浊流，最令回头的浪子伤心。黄河，你怎么瘦了呢？长江，你怎么浊了呢？最令我惘然的，是水运宪、李元洛带我在岳阳楼下坐小艇去君山，湖波浩淼，与天争地，那气象，仍然说得上"乾坤日夜浮"。千层的浪头起伏，汽艇快时，似乎犯了众怒，汹汹然都来船头拦阻，来船尾追逐。遗憾的是湖水一概混浊，实在对不起古来咏湖的名句。在外多年，我常对着地图，幻想思乡之渴可以豪饮洞庭。但眼前这不清的洪涛，岂能解渴？"浮光耀金，静影沉璧"的透澈，只能向《岳阳楼记》去奢求了吧。

所以近年在大陆水上行旅，偶见清波畅流，就特别赏心注目，甚至喜极泪下。去年端午在汨罗江边祭屈，见到水清流畅，觉得这样的江水还值得一投。此刻我回到嘉陵江边，发现流势仍旺，水色未浑，梦中的童话竟然未损，终于宽心一笑，向坡底的沙岸走去。

水边铺石为台，就算是小码头了，但不见船来投靠，一如六十年前。只有三五妇人，对着江水在洗衣服，背后散置着五颜六色的塑胶桶或竹篓，令我想起当年粗衣陋桶，木杵捣捶的村姑。她们见一糟老头子，后面跟着一群领导和媒体，约略知道是怎么回事，再见有人照相，就纷纷要把大篓小桶之类清出现场。我大声说："不要拿开，就是要照你们随便的样子，愈乱愈好！"大家笑了。我又对她们说："我又不是外人，只是当年的'下江人'。你们还没有出世，我就常来这江边了。我在悦来场山上的中学读书，家就在上游五里的清溪口。每星期回家一定要经过这里，不但在河里洗过脚，有时还在沙滩上小便呢。"她们哈哈大笑，我又补一句："那时蹲在这里洗衣服的，大概是你们的祖母或者婆婆。"

终于大家让我独自面对江水，冥想过去悠悠的岁月。那时，我的父亲和母亲不但健在，甚至年轻。那时，我有许多小同学、小玩伴，食则同桌，睡则连床，上课时坐在同一条长板凳上，六十年后我还能说出十几个人的名字，甚至绰号。江水静静地流着，在我面前闪闪逝去的，是水光呢还是时光？对江的山色在眼前还是在梦里？水平线上是一排密实方正的巨岩，有三层楼高，更上面迤逦不断的是竹林连着竹林，翠影疏处掩映着灰瓦人家。河太阔了，听不出有无狗叫。一切浑茫的记忆，顿时对准了焦点。那时夜里，间歇的是犬吠，不断的是江声……忽然有人在坡顶叫喊，说我的同学们到了。

4

六十年不见的同学，也一直未曾通讯，应该是什么样子呢？当年也无非乡下的孩子，村童村姑而已，男孩子不是惨绿少年，女孩子也不是闺秀少艾。就算是出自绅良人家，在当年的学风与战时的简朴之中，也不可能怎么矜持摆谱。温馨记忆里的小朋友，一回头，忽然都变了脸，改了相，成了名副其实的"老同学"，情何以堪。

说时迟，那时快，从镇口的牌坊下，四五十级的长板石阶斜斜垂落，放一道时光之梯下来，迎我上去。人群从牌坊下涌出，簇拥着八九个老人步下阶来，笑语喧阗，神情兴奋。明蓉立刻为我们"介绍"。老同学面面相觑，我的双手都来不及握。大家的表情，惊喜里有错愕，亲切中有陌生，忘我的天真之中又有些尴尬。岁月欺人，大家都老了，可堪一叹。不过都还健在，而且不怎么龙钟，也无须搀扶，又值得高兴。笑语稍稍退潮，我才大致分出一点头绪：女生来会的有四位，男生则有五位。不知怎的，她们似乎保养得好些，反应也较敏捷；他们就更显风霜，也许羞怯，也显得比较迟缓。

其中一位女生李义芳，远在鄘都，本来不想长途坐车，幸好她孙女在课本上念过我的《乡愁》，不但鼓动祖母，而且一路陪同。另一位女生朱伯清,是我初中同班同学,更显得亲切,还说得出同班其他人的名字。除了笑时眯眼曳出鱼尾纹外,她脸上仍然白净无斑,可以想见当年的姣好。大家七嘴八舌,都忘情忆旧。返老还童,这一景跨世纪的重逢,引来满街的镇民围观,看时光的魔术如何变化。我拥着朱伯清的肩头,回头用川话向观众嚷道:

"你们晓不晓得,六十年前她们都是美女!"

大家一阵哄笑,又簇拥我们到一家茶馆里去坐定。十个初中同学,加起来近八百岁了,围住四方的木桌,用传统的盖碗冲浓郁的沱茶,气氛非常怀古。接着就上了一辆大车,开去上坡五里外的青中旧址。

说是旧址,因为当年从南京迁来的青年会中学早已撤走,后来校舍也拆了,不但人非,物也面目大变了。一行人踩着雨后泥湿的田埂,越过一丛又一丛竹林,来到旧址,面对着残留的一面山形粉刷高墙,在一个半废的院子停下。护墙木板纵横成方格,空洞的窗框里伸出些干苞谷叶。我指着危墙说:

"那后面就是男生宿舍了。女生宿舍要讲究些,有典雅的月洞门可通,却是男生的禁区。"

"你还记得别的东西吗?"朱伯清说。

"那太多了,"我说,"教室、饭堂都不见了。"

"去教室的小路,"她说,"还通过橘树园。"

"对。橘树不高，可是绿油油的树荫，结了许多果子。"我说，"对了，那棵大白果呢？"

"早锯掉了。"萧利权说。

"太可惜了，"我叹息，"树老成精，它是校园里最老的生命，晴天的太阳总先照到树顶，风雨来时，丛叶沙沙总最先知道。"

"你的散文里曾经写过。"徐学说。

"是呀，"我说，"一下过雨，满树银杏就落了一地。我们捡起来，夜自修时在桐油灯上烤熟了，剥地一响，就香气扑鼻，令人吞口水。在海外，每次见到银杏树，就舌底生津，怀念四川。"

看见我存在一旁忙着照相，就叫她过来，对大家说："这就是我的堂客。"

满院子的人都笑了，我转头对徐学说："你们现在叫爱人，四川话以前把妻子叫做堂客。"我对大家又说："她小时候也在四川，住在乐山，天天看到大佛。我们当时没有见面，后来在南京一见面就讲四川话，夫妻之间只讲四川话，直到现在。"

这时乡人带了一老妪前来介绍，说她的丈夫是以前的校工。我脱口便问她："田海青还好吧？"她眼睛红红的，黯然低语："早已过世了。"我说："我记得田海青，他一出现，手里拿着铃，就是要下课了。他的下课铃最受欢迎了，尤其是空肚子等午饭的第四堂课。"

5

浸沉在久别乍聚的喜悦之中，往事一幕半景，交叠杂错，忽明忽灭，欲显又隐，匆促间岂能理清头绪？十个初中同学如果悠然久坐树下，对着茶香袅袅，水田汪汪，追述共同度过的少年，相信回溯时光之旅，定能深入上游，更加尽兴。但是村民围观，儿童嬉笑，加上数码相机眈眈又闪闪，兴奋而混乱的重逢，忽然又要分手了。尤其是远来的同学，还得赶回家去，于是就在当年共数朝夕的旧地，再度分手。此生再聚，就算蜀道不难，世道不乱，但高龄如此，海峡如彼，恐怕是渺乎其茫了吧？

余人陪我，与我存、徐学、明蓉，再度上车，去凭吊最后的一站，朱氏宗祠。

祠堂独据嘉陵江边一座小山丘顶，俯瞰一里外江水滔滔，从坡底的沙洲浩荡过境，气势雄豪。父亲在重庆上班，但机关疏散下乡，母亲就带我住在祠堂的最后一进。宽大的四合院子，两侧的厢房有二楼，就住了父亲好几家同事，鸡犬相闻，颇不寂寞。抗战的次年我们住进去，胜利的次年才下山回乡。那是我第一次，和一大群小朋友朝夕嬉戏在一座大杂院里，大门的木槛一尺高，跨进去时大家都还是小把戏，走时再跨出来，已经变成大孩子了。

从祠堂走路去寄宿的青年会中学，大约有十里路，大半是在爬坡。先是小径蟠蜿，一路下到江边。然后沿着平岸，逍遥踏沙而行。一时江声盈耳，波光迎目，天地间唯我一人与造化意接神通。悦来场远远在望，不久就俯临坡顶，于是拾级上阶，穿过牌坊，走出镇口，再爬五里坡道，就看见校前的水田了。

就这么，从十二岁到十八岁，一个江南的孩子在巴山蜀水里从容长大，吸巴山的地气，听蜀水的涛声，被大盆地的风云雨露所鼓舞、滋润。那七年中，我慢慢地成长，像一株橘树，与四季同其节奏，步履不出江北县的范围。四围山色围我在蕊心，一层又一层的青翠剥之不尽，但我并不觉得是被囚，因为嘉陵江日夜在过境，提醒我，上游的涓滴是秦山派来，下游的洪流要追汇长江，应召赴海。总有一天战争要结束，我也要乘此江水，顺流东下，甚至到海，甚至出洋。世界在外面，在下面等着你呢，嘉陵江说。

所以那几年我一点也不寂寞。嘉陵江永远在过境，却永远过不完。他什么也没说，可是我听到了许多。尤其到夜里，万籁齐寂，深沉的他的男低音，就从山下一直传到我耳畔，摇撼我敬畏的心神。他的喉音流入我血管，鼓动我诗的脉搏。

从前那少年在那山国的盆地，曾渴望有一天能走出来。但出川愈久，离川愈远，他要回川的思念就愈强。他要回来再看那沛然的江流，再听那无尽的江声，因为那江水可以见证，那是他和母亲最亲近的岁月。日后他写的《乡愁》一诗，"小时候/乡愁是一枚小小的邮票/我在这头/母亲在那头"，正是当初他寄宿在学校，怀念母亲在朱氏宗祠的心情。

在一座村舍的前院车停了下来，我们终于到了朱家祠堂——的故址。四顾只见三五瓦屋，灰瓦层叠如浪，一直斜覆到屋檐上，悬着瓦当。一行行的瓦槽，低调的暗澹之中有怀古的温馨。粗糙的墙壁用杂石和红土砌成，梁木从屋内伸出，架着晾衣的竹竿。这是萧利权的住家，三代同堂。他把儿子和媳妇叫出来，和我们照相，小孙女则在一旁看热闹。我们坐在前院喝茶，摆起龙门阵来。

近邻闻风而至，都挤来我们面前欢迎远客，想从眼前这老头的身上，依稀揣摩出当年从下江来的那少年。听到我们夫妻流利的川语，数当年的琐细历历，村人更感亲切。我对大家嚷道："我哪用你们欢迎呢，你们根本还没有出世，我早就来悦来场了。我欢迎你们还差不多！"

大家哄笑起来，更围得拢些。看得出，一张张笑得尽兴的面孔，对我地道的重庆话十分惊喜，对我感念四川不远千里来探望也很领情。看得出，他们的衣着都很整洁，甚至光鲜，也许是刻意盛装迎客，但是比起六十年前他们的祖辈来，却是体面多了，令我非常欣慰。那一场的盛情、真情，够我用几年几月，够解我六十年乡愁而有余。

徐学在旁一直顾而乐之，并频举相机。我对他大发议论，说什么今日回蜀之乐哪个作家享受得到，因为这需要两个条件，一是长寿而仍堪跋涉，二是时代要太平。

这时村民引一老叟来见，说他当年常来朱家祠堂，不但记得我，甚至还记得我的父亲。

"你的爸爸叫余超英。你妈妈人很好。"他的眼睛牵动着鱼尾皱纹，满含笑意，似乎在望着当年的我。我没有准备有这么一句，惊讶加上感动，一时无从接嘴。他竟然说得出我父亲的名字，当然是真的了，就像一张落叶，飘飘忽忽，竟被树根接住。

"余先生也待我很好，"萧利权在一旁对我存说，"我是附近人家的小孩，常来祠堂张望。看见下江人的小孩玩在一起，家境比较好，文化水平比较高，非常羡慕。余先生那时是小孩头，领着大家一起耍，对我们并不见外，总是让我参加。"

"那时我们从下江来，你们还叫我们'脚底下的人'呢！"我存笑道，"都是小鬼头啦，一耍就熟了，谁还分什么下江、上江啊。你看余先生跟我，一直到现在，这么老了，夫妻之间还在讲四川话！"

十月下旬的半下午，雨虽已停，而秋阴漠漠，江声隐隐，向晚还颇有寒意。我存仰望灰沉沉的屋顶，直赞檐际云纹的瓦当古色斑斓，令人怀旧。村人便说这古董多得是，喜欢的话，不如带几块回去，留个纪念。又说屋上这些瓦片瓦当，正是拆祠堂时所遗留。于是七嘴八舌，竟就教人取来梯子，要上屋去拿。我们直说不可，何况这东西棱角突兀，装箱不便，还是让它留在屋檐上，守住我的童年吧。村人哪里肯听，一定要拿下来。最后，认得我父亲的老叟说：

"就拿一块也好，代表我们大家的一点心意。这种东西一年比一年少，现在不留，将来哪里去找？有一天，只怕连瓦屋都不见了。"

顿时我流出泪来，便不再推让，要我存收了下来。幸好是收下来了，而且带过了海来，现在才能俯临在客厅的柜顶，苔霉隐隐，似乎还带着嘉陵江边的雨气。毕竟，逝去的童年依依，还留下美丽的物证。

临别四顾，找不到当年祠堂前浓荫蔽天的大黄葛树，向萧利权问起，他说早就锯掉了。迟来的讣闻仍令我黯然。这黄葛老树遮过我孩时大半个天空，春天毛毛虫落纷纷，夏天蝉噪得满山不宁，总是姑息我们这一群顽童在它的庇荫下嬉戏。祠堂前要是少了这顶天立地的巨灵，风景就顿失主角，鸟雀就无枝可依，四季也无戏可演了。是这棵老黄葛，和校园里那棵巨银杏，使孩时的曦霞和星月有了童话的舞台。竟然都不肯等到我回来：树犹如此，人何可依。

萧利权在山顶的路头停下，为我指点一径断续，下山没谷，然后盘盘出谷,绕过邻丘,没于坡后。更远处水光明媚,便是嘉陵江了。

这一景有如朝天门,胎记一般地不可磨灭。此刻我站的地方,正是六十多年前母亲常站的山头。星期天的下午,我拎起布包动身回校,母亲照例送我跨出祠堂的高槛,越过黄葛树荫的土坪,然后就站在这坡径的起头,望着我孤独的背影渐远渐低,随山转折,时隐时现,终于被远坡遮没。就在坡回路转之际,我总会回头仰望,只见母亲的身影孤立在山顶,衬着云天。我就依依向她挥手,她也立刻挥手回应。母子连心,这一刻永烙不磨。我转过身去赶路,背心还留着母爱眼神的余温。

"每次我回校,母亲总站在这里目送,"我转头告诉徐学,"我走到远处回头看她,独立天外,宛如一块'望子石'。最后我们离川,也是从这块石板下山去的。"

6

悦来场的重聚,有一位同班同学近在重庆,却未能赴会,那便是石大周。他曾担任当地的大报《重庆晚报》的总编辑,历时六年,贡献颇大,近年因病退休,在家调养。三年前,他得知我在台湾近况，乃写了《归来吧，诗人》一诗，托人带来台湾给我，并促我回重庆一游；后来更将此诗与我的回信一起刊登于《重庆晚报》，并将我们母校的悦来场旧址摄影多帧，随文刊出。于是我的乡心就更加波动了。

离开重庆那天的上午，明蓉带我们去看大周。他坐在客厅的长沙发上等我，两人"一见如故"，其实当然都老了，一时惊喜加惘然，半个多世纪不知从何说起。两人历数初中的种种往事，兴奋如回到孩时；他的家人在一旁听着，都觉得好笑。我们说到当年那银杏巨树，不觉都神往于灯上烤白果的香味。我告诉大周抗战时期学生常说的一则笑话，说当年八人同桌，晚饭打牙祭，争食之余，有同学见盘中还剩一块肉，便噗地一声吹熄了桐油灯，先下手为强。结果呢，他没有抓到肉，只抓到七只手。

大家哄堂一笑，明蓉提醒访客，时间到了，得赶去机场了。我起身向大周告别，已经握过了手，将要出门。忽然我感到不舍：就这么分手，心有不甘，难道，又要等六十年才再聚吗？

我回身走向沙发，半俯半跪，将大周紧紧抱住，像抱住抱不住的岁月，一秒，一秒，又一秒，直到两人都流下了泪来。

二〇〇六年五月

清明七日行

西湖重游

接受了浙江大学的邀请，在清明节前五天由高雄直飞杭州，开始六天的访问。联络人是浙大传媒与国际文化学院的陈强教授，笔名江弱水。早在八十年代末期，弱水就以卞之琳先生私淑弟子的身份和我通信，后来又因我和卞先生是现代诗同道，而成为有我参加论文审查的博士生。他的慎思明辨贯通了中西古今的诗艺，有《古典诗的现代性》与《中西同步与位移——现代诗人丛论》两书可以印证。非但如此，他的小品文也写得风趣生动。去年五月他来台学术访问两月，事后出版了《陆客台湾》文集，对此行所见的世情与人物，正叙侧写，均有可观。

浙江大学的邀请，我很快就接受了，原因是多重的。首先，联络人是弱水，此行一定会妥善安排，他的品位我当然放心。其次，我上回去杭州，是在二〇〇四年五月，先在同济和复旦两校演讲，然后由喻大翔教授陪我们夫妻去游杭州，那头也由弱水接待。不过比这一切更早的，是小时候住在南京，就曾随父母来过这风雅的钱塘古都。那时我究竟几岁，已不记得，倒是后来常听父母提起；总之这件事久成我孺慕的一幕。

　　但是我去杭州，另有一个动机，就是成全吾妻我存的寻根之旅。我存的父亲范赉先生，也就是我从未见面的岳父，在抗日战争爆发的第三年春天，因肺疾殁于四川的乐山。时为一九三九年三月二十八日，他才三十九岁，留下哀伤而无助的三个女人，我存的外婆、母亲与八岁的我存，去面对不知该如何应变的国破家亡。后来的情形，只有在我存和她母亲的零星回忆和当年仅存的一本相簿里去拼凑梗概：她的父亲籍贯江苏武进，南京东南大学毕业，留学法国，回国后在浙大任教，抗战初期带家人一路逃难去大后方，终因肺病恶化而滞于乐山。

　　一九九六年十一月，我去四川大学访问，事后与我存专程南下乐山，凭着当年葬后留下的两张地图，想去按图索墓。毕竟事隔半个多世纪了，"再回头已百年身"，物是人非么，不但人非，抑且物非了，瞻峨门外，大渡河边，整座胡家山上早已变得沧桑难认,哪里找得到那个孤坟?

但是回过头来,浙江大学幸而犹在,不但犹在,而且校誉更隆,全国排名,长在前列。乘我前去访问,一定会发现可贵的资料,可助拼图。此意向弱水提出,他说那是当然。

三月三十日的黄昏,弱水在萧山机场接机,把我们安置在西湖北岸的新新饭店别馆,提醒我说:"七年前你和喻大翔来,也是住在这里。"又说:"民初的报人沙孟海遇刺,也在这间。"夜色苍茫,宽大的阳台上只见隔水的长堤上柳影不绝,灯光如练。我们果然置身杭州了。

次晨弱水和他的太太杨岭来带我们去游湖。这才发现,昨夜所见的柳堤原来是白堤,而所隔的烟水只是北里湖,还不是西湖的主湖。四人沿着北山路东行,弱水背湖仰面,为我们指点山上矗立的保俶塔。终于走到白堤东端的断桥残雪,弱水说,相传《白蛇传》中许仙就是在这里邂逅了白娘子。桥上有一木亭,匾书"云水光中",十多年前简锦松游湖,见题词含有我名,曾摄影相赠。那天游客不少,更多晨运的市民,就在亭前相拥起舞,一片太平盛世气象。不知当年父母带我来游,是否也这般旖旎风光。杭州人得天独厚,传统特长,一道堤上有多少故事,一声橹里有多少兴亡,真令我不胜艳羡。去夏我和家人游佛罗伦斯①,也不胜低回,但是杭州的风流儒雅,似乎更令我神往。苏堤与白堤,岳墓与秋瑾墓,灵隐寺与香积寺,雷峰塔与六和塔,这一切牵人心肠的地标,甚至是引人梦游的坐标,又何逊于佛罗伦斯与威尼斯?

正是春分已过,清明待来,柳曳翠烟,桃绽绛霞,令人不由想起袁宏道赞叹的"断桥至苏公堤一带,绿烟红雾,弥漫二十余里;歌吹为风,粉汗如雨,罗纨之盛,多于堤畔之草,艳冶极矣!"那天春晴料峭,日色淡薄,白堤上游人虽多,却无什么歌吹,近午时倒是令人有些出汗。天上不时可见老鹰盘旋,游人却不怎么在意,后来越飞越低,才发现是有人在堤上收线,原来竟是风筝。于是彩蝶翩翩,也会降落到女孩子手上来,我也接到一只,只有巴掌大小,竟能曼舞湖上的风云。弱水说这季节西湖的风势正好放风筝,否则不可能这样收放自如。

弱水又说:"走累了吧,不如上船。"四人便上了一条白帆布棚遮顶的游船,相对而坐,游起湖来。船夫兴致很好,带有本地乡音的普通话也斯文亲切。记得他只是撑篙,并不摇桨,过了张岱的湖心亭,过了诗人禅意的三潭印月,把我们放在小瀛洲汻。小船再来接渡,就把我们撑回堤上去了。

---

① 佛罗伦斯:即佛罗伦萨。——编者注

这就是我三月底的杭州之行：西湖之缘虽得以续，也只能浅尝即止，步堤倚舷，不满一天。湖上风平浪静，岸上岁月悠悠，我的深心却不得安宁。那么长远的记忆啊，民族的、家族的、童年的、悲壮的、倜傥的、缠绵的，方寸的此心怎么容得下理得清呢？湖边一宿，别说杭州通判的"水光潋滟晴方好"了，就鉴湖女侠的一句"秋风秋雨愁煞人"，都令我客枕难安。

当天晚上，我在浙大紫金港校区的蒙民伟国际会议中心演讲，题目是《美感经验之互通——灵感从何而来》。我用不少投影来印证，讲了一个多小时。开场白就以我与杭州和浙大的因缘切入，说明小时候就随父母来过此城，又说不但杭州是我存的出生地，而且浙大是我岳父任教的学府。六百多师生报以热烈掌声。由于听众太挤，向隅的百多位只能另辟一室以屏幕听取。所以我事先还特别去另室致意一番。

我的讲座是以"东方论坛"的名义举行，并由罗卫东副校长主持；胡志毅院长介绍。讲前有一简短仪式，把客座教授的聘书颁赠给我。这么一来，我不是有幸成为岳父范赉教授的同仁了吗？

更高兴的，是浙大事先已搜到有关我岳父的资料，也在那场合一并相赠。我存的寻根之旅遂不虚此行了。根据那些信史，我岳父短暂的一生乃有了这样的轮廓：

范赉，字肖岩，江苏武进人，一九〇〇年出生。东南大学毕业，留学法国，卒业于巴黎大学理科植物系。一九二八年起任教于浙江大学，为农学院园艺副教授，每月薪资由一百六十大洋调整为两百四十大洋。一九二九年至一九三一年曾代园艺系主任。长女我存生于一九三一年杭州市刀茅巷。当时浙大的农艺场、园艺场、林场、植物园等占地多达七千多亩。范教授带学生临场生物实习，曾远至舟山群岛东北端的小岛嵊山。

皖南问俗

皖南三日行，越来越深入江弱水的故乡。他是青阳人，对皖南一带的地理、人文十分熟悉，一路为我们指点名胜古迹，并佐以历史的背景，涉及朱元璋与太平天国的种种尤其生动。他对古典诗词的记性不下于李元洛，历数皖南沧桑之际，更常引诗为证，真是难得的导游。

四月四日，我们驶入了青阳县朱备乡的龙口小村，到了一条清溪的桥边。弱水请晨虎停下车来，并径自按下车窗，向临街店铺叫了一声"表嫂"。我只道皖南民风淳厚，招呼亲切。那妇人教我们把车开到西边的院子里，不久就来我们围坐的白石圆桌，摆满花生瓜子之类，泡上今春第一杯明前茶，态度之亲切自然，俨若家人。原来她真是弱水的表嫂！我们松了一口气，就在树下悠悠享受茶点，一面聆听小溪的急湍清流潺潺漱石而去。

我们再度上路，转晴的阳光在九华山下的平原上迎接我们。昨天下午，参加池州杏花村诗会的各地诗人，在九华山中困于阴湿的雨雾，更苦于脚下的滑泥，对于黄山之行实在难寄厚望。此时的九华山——不，我们已转到了九华后山——在转晴的远景之中，巨幅的石壁半露筋骨，半掩在苍郁的林木之下，笔墨丰沛，令人想到黄宾虹蓬勃的画面。九华后山青黛连绵的阵式，倚老兼而倚天，庄重得令人起敬，但是山麓的平畴上，一望无边，黄艳艳令人目眩，一排排密密麻麻的队伍，黄旌黄旗擎得那么整齐的，却是生气鲜活的油菜花田。对比之下，很像肃容端坐的老辈膝下，嬉戏着，嚣闹着那么一大群孩童。

弱水领着我们越陌度阡，步入菜花深处，近前嗅时，一片花香袭人如潮，饱饫肺腑。我存和我不禁怀念四川田畴的土埂，纵横交错，蜂忙蝶乱的情景。九华山迤逦青阳县境，弱水引我们深入这一片魔幻的花香，等于不落言筌地带我们探入他童年的梦境。细圆柱形的绿茎，像精灵世界的廊柱，把盛开四瓣的黄花托到高齐人胸，满田的活力与生机，把春天闹得不可收拾，谁说皖南就不是江南呢？至少施闰章、黄宾虹、胡适之，一定不会甘心吧。

花已如此，人岂不然。皖南的三日车程，这样的油菜花田不断扑人脸颊，令我们左顾右盼，简直应接不暇，更想起当年自己做村童的时候，也曾经坐拥一亩亩的黄金，富可敌城。那天正是清明节前一日，缤纷的春色倒也不让菜花独占。嫣然羞赧的桃花，白得患洁癖的玉兰，缨络成串的樱枝，加上山茶、迎春和海棠，而只要近水，更袅娜着翠雾一般的倩柳。童年的记忆在都市的尘灰中久已失色，那几天竟又苏醒了过来。

车过九子岩景区大门，我们停下来稍息。弱水正为大家指点风物，忽见檐影燕尾之下，衬着九华山披麻皴法的远景，有一块米色整石，长近三丈，像剖成一半的不规则椭圆，覆盖在青草场上。石上坐着几个女孩，约莫十三四岁，正在谈笑。后来又有一个女孩，似乎更小，却领着一个四五岁的小童爬上石顶。我们觉得有趣，便向巨石走去。这才看清原先的四个女孩一律短发垂颈，额前全留着刘海，半蔽的脸蛋都圆浑饱满，两颊红润，眼神灵活。显然都是住在附近的中学生，在星期天的下午，泡在一起，懒懒地享受着彼此的活力和稚气。弱水和她们搭讪起来，又问她们读几年级，原来都是"朱备中学"的初中学生。

这些逍遥的村姑，问答之间毫不矜持，也略无羞怯。弱水终于问她们，课本上有未读过《乡愁》？回答是有。弱水指着我说：

"作者就在这里。"她们笑得有点不信。弱水说:"不信,你们就下来合照张相,去问老师好了。"她们果然动摇了,一起溜下石坡,来跟我们合影。

我们重新上路,我却十分感动。真羡慕这些无忧的孩子,后有九华巍巍的靠山,前有春色无际的油菜花田,功课压力显然还轻,青春的活力一时还挥霍不尽,梦的翅膀还没有长齐,乡愁更无从说起。弱水告诉我,这一带曾经是朱元璋大将常遇春备兵之地,后来又跑过长毛,躲过日寇。但目前皖南这一带,包括宣州、池州、徽州等地,显然都安宁而且小康:九子岩那几个女孩的一幕,给我的保证胜过整本宣传的小册子。

沧桑感当然还是有的。抵达杭州的次晨,弱水和他的太太杨岭带我们游西湖,只说他们是长干同里。之后在皖南的三日车程,他倒是讲了不少故乡的事。在龙口见过了他的表亲,终于在一泓清洌的湖边停车,他介绍该地叫牛桥,令人不禁联想到牛津、剑桥。接着他若有所思,说当年他就是在这水底和未来的妻子相会。怕我们不解,他又说这一带原是山坳间的村墟田畴,后来筑湖,便落到波下去了。这真是写诗的好题目,也可见所谓乡愁不全来自地理,也是岁月的沧桑造成。

皖南三日,活动很多,难以细说。池州的诗会上见到不少大陆的诗人,见到舒婷和陈仲义尤其高兴。媒体访问,总爱问我以前去过安徽没有。我差点要说没有，却记起了一件事情，证明和安徽还是有缘的。那是一九四六年仲夏，抗战胜利次年，我才十八岁，和母亲搭了一艘小火轮，从重庆顺流东下，出三峡，泊武汉，回南京的途中，也曾在安庆上岸。后来在《塔》一文中，我如此追叙："舣泊安庆，母子同登佛寺的高塔，俯视江面的密樯和城中的万户灰甍。塔高风烈。迷濛的空间晕眩的空间在脚下，令他感觉塔尖晃动如巨桅，而他只是一只鹰，一展翅一切云都让路。"

我告诉记者，那佛寺正是迎江寺，而塔，正是振风塔。

黄山诧异

徐霞客，华山夏水的第一知音，造化大观的头号密探，早就叹道："薄海内外无如徽之黄山，登黄山天下无山，观止矣！"他是最有资格讲这句绝话的，因为千岩万壑，寒暑不阻，他是一步步亲身丈量过来的，有时困于天时或地势，甚至是一踵踵、一趾趾，踉踉跄跄，颠颠踬踬，局躅探险而跋涉过来的。

黄山不但魁伟雄奇，而且繁富多变，前海深藏，后海瘦削，三十六峰之盛，不要说遍登了，就算大致周览而不错认，恐怕也不可能。既然如此，浅游者或为省时间，或限于体力而选择索道的捷径，也就情有可原了。何况索道有如天梯，再陡的斜坡也可以凌空而起，全无阻碍，再高傲的峰头也会为我们转过头来，再孤绝的绝顶也可以亲近，不但让我们左顾右盼，惊喜不断，而且凭虚御风，有羽化登仙的快意。骑鹤上扬州，有这么平稳流畅吗？古人游仙诗的幻境也不过如此了吧？

一切旅程，愈便捷的所见愈少。亲身拾级而上迂回而下的步行，体会当然最多也最深，正是巡礼膜拜最"踏实"的方式。所以清明节前一天，我们终于进入黄山风景区的后门，亦即所谓"西海"景区丹霞峰下。此地的海是指云海，正是黄山动态的一大特色。我们夫妻二人，浙大江弱水教授，弱水的朋友杨晨虎先生（此行全靠他亲驾自用的轿车），都是黄山管委会的客人，由程亚星女士陪同登山。

车停山下，我们在太平索道站上了缆车，坐满人后，车升景移，远近的峰峦依次向我们扭转过来，连天外的远峰，本来不屑理会我们的，竟也竞相来迎，从俯视到平视，终于落到脚底去了。万山的秩序，尊卑的地位，竟绕着渺小的我们重新调整。靠着缆索的牵引，我们变成了鸟或仙，用天眼下觑人寰。李白靠灵感召致的，我们靠力学办到了。

三点七公里的天梯，十分钟后就到丹霞站了。再下车时，气候变了，空气清畅而冷冽，骤降了十度。这才发现山上来了许多游客。午餐后我们住进了排云楼宾馆，准备多休息一会，在太阳西下时才去行山，也许能一赏晚霞。

山深峰峻，松影蟠蟠，天当然暗得较快。迎光的一面，山色犹历历映颊。背光的一面，山和树都失色了。真像杜甫所言："阴阳割昏晓。"折腾了一天，又山行了一两里路，是有些累了。回到排云楼，刚才喧嚷的旅客，不在山上过夜的，终于纷纷散去，把偌大一整列空山留给了我们。我们继承了茫茫九州最庄严的遗产，哪怕只是一夜。"空山松子落"，静态中至小的动态，反而更添静趣、禅趣。

真像歌德所言："在一切的绝顶。"万籁俱寂，只有我的脉搏，不甘吾生之须臾，还兀自在跳着。那么，河汉永恒的脉搏，不也在跳着么？不逝者如斯乎，不舍昼夜。我悄悄起床，轻轻推门，避开路灯，举头一看，原来九霄无际的星斗，众目睽睽，眼神灼灼，也正在向我聚焦俯视。猝不及防，骤然与造化打一个照面，能算是天人合一么，我怎么承受得起，除了深深吸一口大气。太清、太虚仍然是透明的，碍眼的只是尘世的浊气。此福不甘独享，回房把我存叫起来读夜。

第二天四人起个大早，在程亚星的引导之下，准备把黄山，至少是后海的一隅半角，瞻仰个够。程亚星在黄山风景区管委会已经任职十七年，她的丈夫更是屡为黄山造像的摄影家。有她在一旁指点说明，我们（不包括弱水）对黄山的见识才能够免于过分肤浅。她把自己在一九九九年出版的一本文集《黄山情韵》送了给我：事后我不断翻阅，得益颇多。

导游黄山的任何小册子，都必会告诉游客，此中有四绝：奇松、怪石、云海、温泉。此行在山中未睹云海，也未访温泉，所见者只有黄山之静。尽管如此，所见也十分有限，但另一方面印象又十分深刻，不忍不记。

语云：看山忌平。不过如果山太不平，太不平凡了，却又难尽其妙。世上许多名山胜景，往往都在看台上设置铜牌，用箭头来标示景点的方向与距离，有时更附设可以调整的望远镜。在黄山上却未见这些：也许是不便，但更是优点。因为名峰已多达七十二座了，备图识山，将不胜其烦，设置太多，更会妨碍自然景色。黄山广达一百五十四平方公里，山径长七十公里，石阶有六万多级，管理处的原则是尽量维持原貌，不让人工干扰神功。我去过英国西北部的湖区，也是如此。

黄山之富，仅其静态已难尽述，至于风起云涌，雪落冰封，就更变化万殊。就算只看静态，也要叹为观止。黄山的千岩万壑，虽然博大，却是立体的雕刻，用的是亿年的风霜冰雪，而非平面的壁画，一览可全。陡径攀登，不敢分心看山，就算站稳了看，也不能只是左顾右盼,还得瞻前顾后,甚至上下求索,到了荡胸决眦的地步。那么鬼斧神工的一件件超巨雕刻,怎能只求一面之缘呢?可是要绕行以观,却全无可能:真是人不如鸟,甚至不如猿猴。所以啊尔等凡人,最多不过是矮子看戏,而且是站在后排,当然难窥项背,更不容见识真面目了。所以连嶂叠岭,岩上加岩,有的久仰大名,更多的是不识、初识,就算都交给相机去备忘,也还是理不出什么头绪。山已如此,更别提松了。

我存拍了许多照片,但是很难对出山名来。这许多石中贵胄,地质世家,又像兄弟,又像表亲,将信将疑,实在难分。可以确定的,是从排云楼沿着丹霞峰腰向西去到排云亭,面对所谓"梦幻景区",就可纵览仙人晒靴与飞来石。前者像一只倒立的方头短靴,放在一方方淡赭相叠的积木上,任午日久晒。后者状似瘦削的碑石,比萨斜塔般危倾在悬崖之上,但是从光明顶西眺,却变形为一只仙桃。此石高十二米,重三百六十五吨,传说女娲炼石补天,这是剩下的两块之一。它和基座的接触,仅似以趾点地,疑是天外飞来,但是主客的质地却又一致,所以存疑迄今。

从排云楼沿陡坡南下,再拾级攀向东北,始信峰嵯峨的青苍就赫然天际了,但可望而不可即,要跟土地公的引力抗拒好一阵,才走近一座像方尖塔而不规则的独立危岩。可惊的是就在塔尖上,无凭无据地竟长出一株古松来。黄山上蟠蜿的无数劲松,一般都是干短顶齐,虬枝横出,但这株塔顶奇松却枝柯耸举,独据一峰。于是就名为梦笔生花。弱水免不了要我遥遥和它合影,我也就拔出胸口的笔作出和它相应的姿势,令弱水、晨虎、亚星都笑了。

到了始信峰,石笋矼和十八罗汉朝南海的簇簇锋芒,就都在望中了。所谓十八罗汉,也只是约数,不必落实指认,其中有的危岩瘦削得如针如刺,尤其衬着晴空,轮廓之奇诡简直无理可喻。上了黄山,我的心理十分矛盾。一面是神仙吐纳的空气,芬多精的负离子是城市十多倍,松谷景区负离子之浓,可达每立方公分五万到七万个,简直要令凡人脱胎换骨。加上山静如太古,更令人完全放松,放心。但另一方面,超凡入圣,得来何等不易,四周正有那么多奇松、怪石等你去恣赏,怎么能够老僧入定,不及时去巡礼膜拜呢?

奇松与怪石相依,构成黄山的静态。石而无松,就失之单调无趣。松而无石,就失去依靠。黄山之松,学名就称"黄山松",为状枝干粗韧,叶色浓绿,树冠扁平,松针短硬。黄山多松,因为松根意志坚强,得寸进尺,能与顽石争地。原来黄山的花岗石中含钾,雷雨过后空中的氮气变成了氮盐,能被岩层和泥土吸收,进而渗入松根,松根不断分泌出有机酸,能融解岩石,更能分解岩中的矿物与盐分,为己所用。因此黄山松之根,当地人叫作"水风钻",为了它像穿山甲一样,能寻隙攻坚,相克相生,把顽石化敌为友。所以八百米以上的绝壁陡坡,到处都迸出了松树,有的昂然挺立,有的回旋生姿,有的枝柯横出,有的匍匐而进,有的贴壁求存,更有的自崖缝中水平抽长,与削壁互成垂直,像一面绿旗。

这一切怪石磊磊,奇松盘盘,古来的文人高士,参拜之余,不知写了多少惊诧的诗篇,据说是超过了两万首,那就已将近全唐诗的半数了。我也是一位石奴松痴,每次遇见了超凡的石状松姿,都不免要恣意瞻仰,所以一入黄山就逸兴高举,徘徊难去。尤其是古松槎枒纠虬,就像风霜造就的书法,更令人观之不足。下面且就此行有缘一认的,略加记述。

凤凰松主干径三十公分,高龄两百载,有四股平整枝丫,状如凤凰展翅,十分祥瑞,其位置正当黄山的圆心,近于天海的海心亭。黑虎松正对着梦笔生花,雄踞在去始信峰的半途,望之黛绿成荫,虎威慑人,据说寿高已四百五十岁。连理松一根双干,几乎是平行共上,相对发枝,翠盖绸缪,宛如交臂共伞的情侣:弱水为我们摄了好几张。竖琴松的主干弯腰下探,枝柯斜曳俯伸,似乎等仙人或高士去拨弄,奏出满山低调的松涛。

送客松和迎客松在玉屏峰下,遥相对望,成了游客争摄的双焦点。送客松侧伸一枝,状如挥别远客的背影。迎客松立于玉屏楼南，东望峥峥的天都，位据前海通后海的要冲，简直像代表黄山之灵的一尊知客僧。他的身世历劫成谜，据说本尊早被风雪压毁，枝已不全，今日残存的古树高约十米，胸径六十四公分，从一九八三年起派了专人守护。第十位守树人谢宏卫自一九九四年任职迄今，就住在此树附近的陋屋之中，每天都得细察枝丫、树皮、松针的状况，并注意有无病虫为害。严冬时期他更得及时扫雪敲冰，解其重负。他曾经一连四五年没回家过年，松而有知，恐怕要向他的家人道歉了。此树名满华夏，几已神化。

黄山之松，成名者少而无名者多，有名者多在道旁，无名者郁郁苍苍，或远在遥峰，可望而不可即，或高据绝顶，拒人于险峻之上，总之，无论你如何博览遍寻，都只能自恨此身非仙，不能乘云逐一拜访。松之为树实在值得一拜：松针簇天，松果满地，松香若有若无。松涛隐隐在耳，而最能满足观松癖者的美感的，仍是松干发为松枝的蟠蜿之势，回旋之姿，加上松针的苍翠成荫，简直是墨沈淋漓的大手笔书法，令人目随笔转，气走胸臆。

二〇一一年八月

故国神游

五月中旬去西安讲学。那是我第一次去陕西，当然也是首访西安，对那千年古都神往既久，当然也有莫大的期待。结果几乎扑了一个空。当然那是我自己浅薄，去投的又是如此深厚的传统，加以为期不满五天，又有两场演讲、一场活动。所以知之既少，入之又浅，谈不上有何心得。"五日京兆"吗？从西周、西汉、西晋一直到隋唐，从镐京、咸阳、渭城到长安，其中历经变化，史学家甚至考古学家都得说上半天。自宋以来，其帝国之光彩就已渐渐失色，所以轮到贾平凹来写《老西安》一书时，他的副题干脆就叫作"废都斜阳"了。

从头到尾，今日西安市中心的主要景点，例如钟楼、鼓楼、碑林、大雁塔等，都过门而未入。倒是听西安人说，钟楼与鼓楼正是成语"晨钟暮鼓"之所由,而古人买东西得跑去东大街和西大街,因此而有"买东西"一词。最令我感动的是,西安还有一处"燕国志士荆轲墓"。矛盾的是,我对这古都虽然所知不多,所见更少,可是所感所思却很深。这么多年,我虽然一步也未踏过斯土,可是自作多情地却写过好几首诗,以长安为背景或现场。

我在西安的第一场演讲就叫作"诗与长安":前面一小半多引古人之作,例如李白的《忆秦娥》、杜牧的《将赴吴兴登乐游原》、白居易的《长恨歌》、辛弃疾的《菩萨蛮·书江西造口壁》,和《世说新语》日近长安远之说。

后面的大半场就引到我自己所写涉及长安的诗,一共七首,依次是《秦俑》《寻李白》《飞碟之夜》《昭君》《盲丐》《飞将军》《刺秦王》。我用光盘投影,一路说明并朗诵。《秦俑》颇长,从古西安说到西安事变,从桃花源说到十二尊金人和徐福的六千童男女;中间引入《诗经·秦风》四句,我就曼声吟诵出来,颇有三维效果。《寻李白》有赞谪仙三行,"酒入豪肠,七分酿成了月光/余下的三分啸成剑气/绣口一吐就半个盛唐",入选许多选集。《飞碟之夜》用科幻小说笔法想象安禄山的飞碟部队如何占领长安。《昭君》讽刺,卫青与霍去病都无法达成的事,竟要弱女子去承担。《盲丐》写我自己在美国远怀汉唐盛世的苦心,结尾有这样两句："一枝箫哭一千年／长城，你终会听见，长安，你终会听见。"《飞将军》为汉朝的名将李广抱不平，其事皆取自《史记》。《刺秦王》也本于《史记》，但叙事则始于荆轲谋刺失败，伤重倚柱时的感慨。这些事，凡中国的读书人都应知道，而这些诗，凡中国的心灵都会共鸣。行知学院礼堂上坐满的两千五百人，虽欠空调，却无人离席。

另一场演讲在西安美术学院，题为"诗与美学"，情况也差不多。更值得一记的，是该校活泼的校风与可观的校园。在会议室与长廊上，一排排黑白的人像照吸引我左顾右盼，屡屡停步，只因照中人都有美学甚至文化的地位，就我匆匆一瞥的印象，至少包含蔡元培、陈寅恪、鲁迅、胡适、徐悲鸿、朱光潜、梁思成、林徽音、蔡威廉（蔡元培之女）、林文铮（蔡元培女婿，杭州艺专教务长）；外国人之中还有法兰克福学派主角的哲学家马尔库色[①]。

至于校园何以特别可观，却只消一瞥就立可断定。远处纵目，只见一排排一丛丛直立的方尖石体，高低参差，平均与人相等，瞬间印象又像碑林，又像陶俑。其实都不是，主人笑说，而是"拴马桩"。走近去看，才发现那些削方石体，雕纹或粗或细，顶上都踞着、栖着、蹲着、跪着一座雕品，踞者许是雄狮、栖者许是猛

[①] 马尔库色：即马尔库塞。——编者注

禽、蹲者许是圉人、跪者许是奴仆,更有奴仆或守卫之类跨在狮背,千奇百怪,难以缕陈。人物的体态、面貌、表情又不同于秦兵的陶俑,该多是胡人吧,唐三彩牵马的胡圉正是如此。主人说这些拴马桩多半来自渭北的农庄。看今日西安市地图,西北郊外汉长安旧址就有罗家寨、马家寨、雷家寨等六七个寨,说不定就来自那些庄宅;当然,客栈、酒家、衙门前面也需要这些吧。正遐想间,主人又说,那边还有不少可看,校园里有好几千桩。我们夫妻那天真是大开眼界:这和江南水乡处处是桥与船大不相同。

我去西安,除了讲学之外,还参加了一个活动,经"粥会"会长陆炳文先生之介,认识了于右任先生(1879—1964)的后人。右老是陕西三原县人,早年参与辛亥革命,后来成了元老,但在文化界更以书法大师久享盛誉。他是长我半个世纪的前辈,但是同在台湾,一直到他去世,我都从未得识耆宿。我更没有想到,海峡两岸对峙,尽管历经重大变化,陕西人对这位远隔的乡贤始终血浓于水,保持着敬爱与怀念。因此早在二〇〇二年,复建于右任故居的工作已在西安展开,七年后正值他诞生一百三十周年,终于及时落成。

右老乃现代书法大家,关中草圣,原与书法外行的我难有联想。但是他还是一位著名诗人,在台所写怀乡之诗颇为陕西乡亲所重。有心人联想到我的《乡愁》一诗,竟然安排了一个下午,就在"西安于右任故居纪念馆"内,举办"忆长安话乡愁"雅集,由西安文坛与乐界的名流朗诵并演唱右老与我的诗作共二十首。盛会由右老侄孙于大方、于大平策划，我们夫妻得以认识右老的许多晚辈，更品尝了于府精美的厨艺，领略了右老曾孙辈的纯真与礼貌。

对这位前辈，我曾凑过一副对联："遗墨淋漓长在壁，美髯倜傥似当风。"为了要写西安之行，我读了贾平凹的《老西安》一书。像贾平凹这样的当代名家，我本来以为不会提到已故多年的右老。不料他说于右任曾跑遍关中搜寻石碑，几乎搜尽了陕西的魏晋石碑，并"安置于西安文庙，这就形成了至今闻名中外的碑林博物馆"，他又说："西安人热爱于右任，不仅爱他的字，更爱他一颗爱国的心，做圣贤而能庸行，是大人而常小心。"最后他说："于右任、吴宓、王子云、赵望云、石鲁、柳青……足以使陕西人和西安这座城骄傲。我每每登临城头，望着那南北纵横井字形的大街小巷，不由自主地就想到了他们。"

贾平凹这本《老西安》写得自然而又深入，显示作者真是性情中人。

西安之行，虽然无缘遍访古迹，甚至走马看花都说不上，幸而还去了一趟"西安博物院"，稍稍解了"恨古人吾不见"之憾。博物院面积颇广，由博物馆、荐福寺、小雁塔三者组成。我存十多年前已来过西安，这次陪我同来，也未能畅览她想看的文物，好在我们还是在此博物馆中流连了近一小时。秦朝的瓦当，西汉的鎏金铜钟,唐朝的三彩腾空骑马胡人俑、鎏金走龙等,还是满足了我们的怀古之情与美感。我存在高雄市美术馆担任导览义工已有十六年,去年还获得"文建会"的服务奖章。她对古文物,尤其是古玉,所知颇多,并不太需要他人解释,几次开口之后,内地的导览也知道遇见内行了。

另外一件事,她就不陪我了。先是在开花的石榴树荫下,我们仰见了逼在半空的小雁塔,我立刻决定要攀登绝顶。导游的是一位很帅气的青年,他说,很抱歉,规定六十五岁以上的老人不准攀爬。我在世界各地旅行,几乎无塔不登,两年前我在佛罗伦斯登过的百花圣母大教堂和觉陀钟楼都比眼前这小雁塔高,①我怎么能拒绝唐代风云的号召呢?于是我对导游说,何妨先陪我爬到第三层,如果见我余勇可贾,就让我一路仰攻到顶如何。他答应了,就和炳文陪我登上第三层,见我并无异状,索性让我放步登高。一层比一层的内壁缩紧,到了十层以上,里面的空间便逼人愈甚,由不得登高客不缩头缩颈,收肘弓腰,谦卑起来。同时塔外的风景也不断地匍匐下去。这时,也没人能够分神去扶别人了。如是螺旋自拔,不让土地公在后拽腿,终于钻到了塔顶。全西安

---

① 百花圣母大教堂又称圣母百花大教堂或花之圣母大教堂,觉陀钟楼即乔托钟楼。——编者注

都在脚底了。足之所苦，目之所乐，登高三昧，不过如此。我总相信，登高眺远，等于向神明报到，用意是总算向八荒九垓前朝远代致敬过了。诸公登慈恩寺塔之盛事，不能与杜甫、岑参同步，也算是虚应了故事，写起游记来至少踏实得多。

导游历史熟稔，谈吐不凡，看得出胸怀大志，有先忧后乐的气慨，令我油然想到定庵的警句："我劝天公重抖擞，不拘一格降人才。"问其姓名，答曰"继伟"。我对他说："将来我还会听见你的名字。"

这次去西安，错过的名胜古迹太多，只能寄望于他日。但是其中竟有一处平白错过，尤其令我不释。那就是在唐诗中屡次出现的"乐游原"。最奇怪的是：每次我向西安人提起，反应总是漠然，不是根本不知其处，就是知有其处却不在乎。也有人说：这地方有是有，还在那儿，可是你去不了。

李白的词《忆秦娥》，后半阕云："乐游原上清秋节，咸阳古道音尘绝；音尘绝，西风残照，汉家陵阙。"王国维赞其后两句，曾说："寥寥八字，关尽千古登临之口。"此地所谓"登临"，登的是乐游原，临的是汉家陵阙。杜甫七古《乐游园歌》咏当时长安士女春秋佳节登临之盛，前四句是："乐游古园崒森爽，烟绵碧草萋萋长。公子华筵势最高，秦川对酒平如掌。"极言其地势之高，视域之广。诗末两句则是："此身饮罢无归处，独立苍茫自咏诗。"能够让人"独立苍茫"当然是登临胜地。

到了晚唐，又有一对伤心人，也是李、杜，来此登高怀古。李商隐的《乐游原》非常有名："向晚意不适，驱车登古原。夕阳无限好，只是近黄昏。"杜牧有两首七绝咏及其地，《登乐游原》说："长空澹澹孤鸟没，万古销沉向此中。看取汉家何事业，五陵无树起秋风。"另一首《将赴吴兴登乐游原》又说："清时有味是无能，闲爱孤云静爱僧，欲把一麾江海去，乐游原上望昭陵。"

前引盛唐与晚唐各有李、杜吟咏其地。乐游原在长安东南，诗人登高所望，都是朝西北，那方向不论是汉朝的五陵或唐朝的五陵，都令人怀古伤今，诗情与史感余韵不绝。初唐的王勃有《春日宴乐游园赋韵得接字》一诗，因为是春游，而大唐帝国正值发轫，就没有李、杜甚至陈子昂俯仰古今之叹。

我去西安，受了李、杜的召引，满心以为可以一登古原，西吊唐魂汉魄，印证自己从小吟诵唐诗的情怀。结果扑了一个空。西安的主人见我不甘死心，某夜当真为我驱车，不是去登古原，而是到西安东南郊外，一处上山坡道的起点，昏暗的街灯下但见铁闸深闭，其上有一告示木牌，潦草的字体大书"西安乐游原"。如此而已，更无其他。

二〇一二年八月

第三章

彼岸风景，诗意远方

石城①之行

　　一九五七年的雪佛兰轿车,以每小时七十英里的高速在爱奥华②的大平原上疾驶。北纬四十二度的深秋,正午的太阳以四十余度的斜角在南方的蓝空滚着铜环,而金黄色的光波溢进玻璃窗来,抚我新剃过的脸。我深深地饮着飘着草香的空气,让北美成熟的秋注满我多东方回忆的肺叶。是的,这是深秋,亦即北佬们所谓的"小阳春"(Indian Summer),下半年中最值得留恋的好天气。不久寒流将从北极掠过加拿大的平原南侵,那便是戴皮帽,穿皮衣,着长统靴子在雪中挣扎的日子了。而此刻,太阳正凝望

---

① 石城:即斯通城。——编者注
② 爱奥华:即艾奥瓦。——编者注

平原上做着金色梦的玉蜀黍们；奇迹似的，成群的燕子在晴空中呢喃地飞逐，老鹰自地平线升起，在远空打着圈子，觊觎人家白色栅栏里的鸡雏，或者，安格尔教授告诉我，草丛里的野鼠。正是万圣节之次日，家家廊上都装饰着画成人面的空南瓜皮。排着禾墩的空田尽处，伸展着一片片缓缓起伏的黄艳艳的阳光，我真想请安格尔教授把车停在路边，让我去那上面狂奔，乱嚷，打几个滚，最后便卧仰在上面晒太阳，睡一个童话式的午睡。真的，十年了，我一直想在草原的大摇篮上睡觉。我一直羡慕塞拉的名画，《星期日午后的大碗岛》中懒洋洋地斜靠在草地上幻想的法国绅士，羡慕以抒情诗的节奏跳跳蹦蹦于其上的那个红衣小女孩。①我更羡慕鲍罗丁在音乐中展露的那种广阔，那种柔和而奢侈的安全感。然而东方人毕竟是东方人，我自然没有把这思想告诉安格尔教授。

东方人确实是东方人，诺，就以坐在我左边的安格尔先生来说，他今年已经五十开外，出版过一本小说和六本诗集，做过哈佛大学的教授，且是两个女儿的爸爸了；而他，戴着灰格白底的鸭舌小帽，穿一件套头的毛线衣，磨得发白的蓝色工作裤，和

---

① 塞拉即修拉，《星期日午后的大碗岛》又译为《大碗岛的星期天下午》。——编者注

（在中国只有中学生才穿的）球鞋。比起他来，我是"绅士"得多了；眼镜，领带，皮大衣，笔挺的西装裤加上光亮的黑皮鞋，使我觉得自己不像是他的学生。从反光镜中，我不时瞥见后座的安格尔太太，莎拉和小花狗克丽丝。看上去，安格尔太太也有五十多岁了。莎拉是安格尔的小女儿，十五岁左右，面貌酷似爸爸——淡金色的发自在地垂落在颈后，细直的鼻子微微翘起，止于鼻尖，形成她顽皮的焦点，而脸上，美国小女孩常有的雀斑是不免的了。后排一律是女性，小花狗克丽丝也不例外。她大概很少看见东方人，几度跳到前座来和我挤在一起，斜昂着头打量我，且以冰冷的鼻尖触我的颈背。

昨夜安格尔教授打电话给我，约我今天中午去"郊外"一游。当时我也不知道他所谓的"郊外"是指何处，自然答应了下来。而现在，我们在平而直的公路上疾驶了一个多小时，他们还没有停车的意思。自然，老师邀你出游，那是不好拒绝的。我在"受宠"之余，心里仍不免怀着鬼胎，正觉"惊"多于"宠"。他们所谓请客，往往只是吃不饱的"点心"。正如我上次在他们家中经验过的一样——两片面包，一块牛油，一盘番茄汤，几块饼干；那晚回到宿舍"四方城"中，已是十一点半，要去吃自助餐已经太迟，结果只饮了一杯冰牛奶，饿了一夜。

"保罗，"安格尔太太终于开口了，"我们去安娜摩莎

（Anamosa）①吃午饭罢。我好久没去看玛丽了。"

"哦，我们还是直接去石城好些。"

"石城"（Stone City）？这地名好熟！我一定在哪儿听过，或是看过这名字。只是现在它已漏出我的记忆之网。

"哦，保罗，又不远，顺便弯一弯不行吗？"安格尔太太坚持着。

"O please，Daddy！"②莎拉在思念她的好朋友琳达。

安格尔教授OK了一声，把车转向右方的碎石子路。他的爱女儿是有名的。他曾经为两个女儿写了一百首十四行诗，出版了一个单行本《美国的孩子》（American Child）。莎拉爱马；他以一百五十元买了一匹小白马。莎拉要骑马参加爱奥华大学"校友回校大游行"，父亲巴巴地去二十哩③外的俄林（Olin）④借来一辆拖车，把小白马载在拖车上，运去游行的广场；因为公路上是不准骑马的。可是父母老后，儿女是一定分居的。老人院的门前，经常可以看见坐在靠椅上无聊地晒太阳的老人。这景象在中国是不可思议的。我曾看见一位七十五岁（一说已八十）步态蹒跚的

---

① 安娜摩萨：即阿纳莫萨。——编者注
② 此句意为："噢，拜托了，爸爸！"——编者注
③ 哩：英里的旧称。——编者注
④ 俄林：即奥林。——编者注

老工匠独住在一座颇大的空屋中，因而才了解佛洛斯特（Robert Frost）①《老人的冬夜》一诗的凄凉意境。

不过那次的游行是很有趣味的。平时人口仅及二万八千的爱奥华城，当晚竟挤满了五万以上的观众——有的自香柏滩（Cedar Rapids）②赶来，有的甚至来自三百哩外的芝加哥。数哩长的游行行列，包括竞选广告车、赛美花车、老人队、双人脚踏车队、单轮脚踏车、密西西比河上的古画舫、开辟西部时用的老火车，以及四马拉的旧马车，最精彩的是老爷车队；爱奥华州全部一九二〇年以前的小汽车都出动了。一时街上火车尖叫，汽船鸣笛，古车蹒跚而行，给人一种时间的错觉。百人左右的大乐队间隔数十丈便出现一组，领先的女孩子，在四十几度③的寒夜穿着短裤，精神抖擞地舞着指挥杖，踏着步子。最动人的一队是"苏格兰高地乐队"（The Scottish Highlanders），不但阵容壮大，色彩华丽，音乐也最悠扬。一时你只见花裙和流苏飘动，鼓号和风笛齐鸣，那嘹亮的笛声在空中回荡而又回荡，使你怅然想起史各特④的传奇和彭斯的民歌。

---

① 佛洛斯特：即弗罗斯特。——编者注
② 香柏滩：即锡达拉皮兹。——编者注
③ 四十几度：此处指华氏度，相当于5摄氏度左右。——编者注
④ 史各特：即司各特。——编者注

汽车在一个小镇的巷口停了下来,我从古代的光荣梦中醒来,向一只小花狗吠声的方向望去,一座小平房中走出来一对老年的夫妻,欢迎客人。等到大家在客厅坐定后,安格尔教授遂将我介绍给鲍尔先生及太太。鲍尔先生头发已经花白,望上去有五十七八的年纪,以皱纹装饰成的微笑中有一影古远的忧郁,有别于一般面有得色、颐有余肉的典型美国人。他听安格尔教授说我来自台湾,眼中的浅蓝色立刻增加了光辉。他说二十年前曾去过中国,在广州住过三年多;接着他讲了几句迄今犹能追忆的广东话,他的目光停在虚空里,显然是陷入往事中了。在地球的反面,在异国的深秋的下午,一位碧瞳的老人竟向我娓娓而谈中国,流浪者的乡愁是很重很重了。我回想在香港的一段日子,那时母亲尚健在……

莎拉早已去后面找小朋友琳达去了,安格尔教授夫妇也随女主人去地下室取酒。主客的寒暄告一段落,一切落入冷场。我的眼睛被吸引到墙上的一幅翻印油画:小河、小桥、近村、远径,圆圆的树,一切皆呈半寐状态,梦想在一片童话式的处女绿中;稍加思索,我认出那是美国已故名画家伍德(Grant Wood,1892—1942)的名作《石城》(*Stone City*)。在国内,我和咪也有这么一小张翻版;两人都说这画太美了,而且静得出奇,当是出于幻想。联想到刚才车上安格尔教授所说的"石城",我不禁

因吃惊而心跳了。这时安格尔教授已回到客厅里,发现我投向壁上的困惑的眼色,朝那幅画瞥了一眼,说:

"这风景正是我们的目的地。我们在石城有一座小小的夏季别墅,好久没有人看守,今天特别去看一看。"

我惊喜未定,鲍尔先生向我解释,伍德原是安格尔教授的好友,生在本州的香柏滩,曾在爱奥华大学的艺术系授课,这幅《石城》便是伍德从安格尔教授的夏屋走廊上远眺石城镇所作。

匆匆吃过"零食"式的午餐,我们别了鲍尔家人,继续开车向石城疾驶。随着沿途树影的加长,我们渐渐接近了目的地。终于在转过第三个小山坡时,我们从异于伍德画中的角度眺见了石城。河水在斜阳下反映着淡郁郁的金色,小桥犹在,只是已经陈旧剥落,不似画中那么光彩。啊,磨坊犹在,丛树犹在,但是一切都像古铜币一般,被时间磨得黯澹多了;而圆浑的山峦顶上,只见半黄的草地和零乱的禾墩,一如黄金时代的余灰残烬。我不禁失望了。

"啊,春天来时,一切都会变的。草的颜色比画中的还鲜!"安格尔教授解释说。

转眼我们就驶行于木桥上了;过了小河,我们渐渐盘上坡去,不久,河水的淡青色便蜿蜒在俯视中了。到了山顶,安格尔教授将车停在别墅的矮木栅门前。大家向夏屋的前门走去,忽然安格尔太太叫出声来，原来门上的锁已经给人扭坏。进了屋去，过道上、客厅里、书房里，到处狼藉着破杯、碎纸，分了尸的书，断了肢的玩具，剖了腹的沙发椅垫，零乱不堪，有如兵后劫余。安格尔教授一耸哲学式的两肩，对我苦笑。莎拉看见她的玩具被毁，无言地捡起来捧在手里。安格尔太太绝望地诉苦着，拾起一件破家具，又丢下另一件。

"这些野孩子！这些该死的野孩子！"

"哪里来的野孩子呢？你们不能报警吗？"

"都是附近人家的孩子，中学放了暑假，就成群结党，来我们这里胡闹、作乐、跳舞、喝酒。"说着她拾起一只断了颈子的空酒杯，"报警吗？每年我们都报的，有什么用处呢？你晓得是谁闯进来的呢？"

"不可以请人看守吗？"我又问。

"噢，那太贵了，同时也没有人肯做这种事啊！每年夏天，我们只来这里住三个月，总不能雇一个人来看其他的九个月啊。"

接着安格尔太太想起了楼上的两大间卧室和一间客房，匆匆赶了上去，大家也跟在后面。凌乱的情形一如楼下；席梦思上有污秽的足印，地板上横着钓竿，滚着开口的皮球。嗟叹既毕，她也只好颓然坐了下来。安格尔教授和我立在朝西的走廊上，倚栏而眺。太阳已经在下降，暮霭升起于黄金球和我们之间。从此处俯瞰，正好看到画中的石城；自然，在艺术家的画布上，一切皆被简化、美化，且重加安排，经过想象的沉淀作用了。安格尔教授告诉我说，当初伍德即在此廊上支架作画，数易其稿始成。接着他为我追述伍德的生平，说格兰特（Grant，伍德之名）年轻不肯做工，作画之余，成天闲逛，常常把胶水贴成的纸花献给女人，不久那束花便散落了，或者教小学生把灯罩做成羊皮纸手稿的形状。可是爱奥华的人们都喜欢他，朋友们分钱给他用，古玩店悬卖他的作品，甚至一位百万财主也从老远赶来赴他开的波希米亚式的晚会——他的卧室是一家殡仪馆的老板免费借用的。可是他鄙视这种局限于一隅的声名，曾经数次去巴黎，想要征服艺术的京都。然而巴黎是不容易征服的，你必须用巴黎没有的东西去征服巴黎；而伍德只是一个摹仿者，他从印象主义一直学到抽象主义。他在塞纳路租了一间画展室，展出自己的三十七幅风景，但是批评界始终非常冷淡。在第四次游欧时，他从十五世纪的德国原始派那种精确而细腻的乡土风物画上，悟出他的艺术必须以自己的故乡，以美国的中西部为对象。赶回爱奥华后，他开始创造一种朴实、坚厚，而又经过艺术简化的风格，等到《美国的哥德式》[①]一画展出时，批评界乃一致承认他的艺术。不过，这

[①] 《美国的哥德式》：又译为《美国哥特式》。——编者注

幅《石城》应该仍属他的比较"软性"的作品，不足以代表他的最高成就，可是一种迷人的纯真仍是难以抗拒的。

"格兰特已经死了十七年了，可是对于我，他一直坐在这长廊上，做着征服巴黎的梦。"

橙红色的日轮坠向了辽阔的地平线，秋晚的凉意渐浓。草上已经见霜，薄薄的一层，但是在我，已有十年不见了。具有图案美的柏树尖上还流连着淡淡的夕照，而脚底下的山谷里，阴影已经在扩大。不知从什么地方响起一两声蟋蟀的微鸣，但除此之外，鸟声寂寂，四野悄悄。我想念的不是亚热带的岛，而是嘉陵江边的一个古城。

归途中，我们把落日抛向右手，向南疾驶。橙红色弥留在平原上，转眼即将消灭。天空蓝得很虚幻，不久便可以写上星座的神话了。我们似乎以高速梦游于一个不知名的世纪；而来自东方的我，更与一切时空的背景脱了节，如一缕游丝，完全不着边际。

一九五八年十一月于爱奥华城

南半球的冬天

飞行袋鼠"旷达士"（Qantas）才一展翅，偌大的新几内亚，怎么竟缩成两只青螺，大的一只，是维多利亚峰，那么小的一只，该就是塞克林峰了吧。都是海拔万呎以上的高峰，此刻，在"旷达士"的翼下，却纤小可玩，一簇黛青，娇不盈握，虚虚幻幻浮动在水波不兴一碧千哩的"南溟"之上。不是水波不兴，是"旷达士"太旷达了，俯仰之间，忽已睥睨八荒，游戏云表，遂无视于海涛的起起伏伏了。不到一杯橙汁的工夫，新几内亚的郁郁苍苍，倏已陆沉，我们的老地球，所有故乡的故乡，一切国恨家愁的所依所托，顷刻之间都已消逝。所谓地球，变成了一只水球，好蓝好美的一只水球，在好不真实的空间好缓好慢地旋转，昼转成夜，春转成秋，青青的少年转成白头。故国神游，多情应笑我早生华发。水汪汪的一只蓝眼睛，造物的水族馆，下面泳多少鲨多少鲸，多少亿兆的鱼虾在暖洋洋的热带海中悠然摆尾，多少岛多少屿在高敢①的梦史蒂文森的记忆里午寐，鼾声均匀。只是我的想象罢了，那澄蓝的大眼睛笑得很含蓄，可是什么秘密也没有说。古往今来，她的眼里该只有日起月落，星出星没，映现一些最原始的抽象图形。留下我，上扪无天，下临无地，一只"旷达士"鹤一般地骑着，虚悬在中间。头等舱的邻座，不是李白，不是苏轼，是双下巴大肚皮的西方绅士。一杯酒握着，不知该邀谁对饮。

有一种叫做云的骗子，什么人都骗，就是骗不了"旷达士"。"旷达士"，一飞冲天的现代鹏鸟，经纬线织成密密的网，再也网它不住。北半球飞来南半球，我骑在"旷达士"的背上，"旷达士"骑在云的背上。飞上三万呎的高空，云便留在下面，制造它骗人的气候去了。有时它层层叠起，雪峰竞拔，冰崖争高，一望无尽的皑皑，疑是西藏高原雄踞在世界之脊。有时它皎如白莲，幻开千朵，无风的岑寂中，"旷达士"翩翩飞翔，入莲出莲，像一只恋莲的蜻蜓。仰望白云，是人。俯玩白云，是仙。仙在常中观变，在阴晴之外观阴晴，仙是我。哪怕是幻觉，哪怕仅仅是几个时辰。

---

① 高敢：即高更。——编者注

"旷达士"从北半球飞来，五千哩的云驿，只在新几内亚的南岸息一息羽毛。摩尔斯比（Port Moresby）①浸在温暖的海水里，刚从热带的夜里醒来，机场四周的青山和遍山的丛林，晓色中，显得生机郁勃，绵延不尽。机场上见到好多巴布亚的土人，肤色深棕近黑，阔鼻、厚唇、凹陷的眼眶中，眸光炯炯探人，很是可畏。

　　从新几内亚向南飞，下面便是美丽的珊瑚海（Coral Sea）了。太平洋水，澈澈澄澄清清，浮云开处，一望见底，见到有名的珊瑚礁，绰号"屏藩大礁"（Great Barrier Reef）②，迤迤逦逦，零零落落，系住澳洲③大陆的东北海岸，好精巧的一条珊瑚带子。珊瑚是浅红色，珊瑚礁呢，说也奇怪，却是青绿色。开始我简直看不懂。双层玻璃的机窗下，奇迹一般浮现一块小岛，四周湖绿，托出中央的一方翠青。正觉这小岛好漂亮好有意思，前面似真似幻，竟又浮来一块，形状不同，青绿色泽的配合则大致相同。猜疑未定，远方海上又出现了，不是一个，而是一群，长的长，短的短，不规不则得乖乖巧巧，玲玲珑珑，那样讨人喜欢

---

① 摩尔斯比：即莫尔斯比。——编者注
② "屏藩大礁"：即大堡礁。——编者注
③ 澳洲：即澳大利亚。——编者注

的图案层出不穷，令人简直不暇目迎目送。诗人侯伯特（George Herbert）①说：

> 色泽鲜丽
> 令仓促的观者拭目重看

惊愕间，我真的揉揉眼睛，被香港的红尘吹翳了的眼睛，仔细再看一遍。不是岛！青绿色的图形是平铺在水底，不是突出在水面。啊我知道了，这就是闻名世界的所谓"屏藩大礁"了。透明的柔蓝中漾现变化无穷的青绿翠礁，三种凉凉的颜色配合得那么谐美而典雅，织成海神最豪华的地毡。数百丛的珊瑚礁，检阅了一个多小时才看完。

如果我是人鱼，一定和我的雌人鱼，选这些珊瑚为家。风平浪静的日子，和她并坐在最小的一丛礁上，用一只大海螺吹起杜布西②袅袅的曲子，使所有的船都迷了路。可是我不是人鱼，甚至也不是飞鱼，因为"旷达士"要载我去袋鼠之邦，食火鸡之国，访问七个星期，去会见澳洲的作家、画家、学者，参观澳洲

---

① 侯伯特：即乔治·赫伯特。——编者注
② 杜布西：即德彪西。——编者注

的学府、画廊、音乐厅、博物馆。不，我是一位访问的作家，不是人鱼。正如普鲁夫洛克所说，我不是犹力西士，女神和雌人鱼不为我歌唱。①

越过童话的珊瑚海，便是浅褐土红相间的荒地，澳大利亚庞然的体魄在望。最后我看见一个港，港口我看见一座城，一座铁桥黑虹一般架在港上，对海的大歌剧院蚌壳一般张着复瓣的白屋顶，像在听珊瑚海人鱼的歌吟。"旷达士"盘旋扑下，倾侧中，我看见一排排整齐的红砖屋，和碧湛湛的海水对照好鲜明。然后是玩具的车队，在四线的高速公路上流来流去。然后机身辘辘，"旷达士"放下它蜷起的脚爪，触地一震，雪梨②到了。

但是雪梨不是我的主人，澳大利亚的外交部，在西南方二百哩外的山区等我。"旷达士"把我交给一架小飞机，半小时后，我到了澳洲的京城坎贝拉③。坎贝拉是一个计划都市，人口目前只有十四万，但是建筑物分布得既稀且广，发展的空间非常宽大。圆阔的草地，整洁的车道，富于线条美的白色建筑，把曲折多姿

---

① 普鲁夫洛克即普鲁弗洛克，犹力西士即尤利西斯。——编者注
② 雪梨：即悉尼。——编者注
③ 坎贝拉：即堪培拉。——编者注

回环成趣的柏丽·格里芬湖①围在中央。神造的全是绿色，人造的全是白色。坎贝拉是我见过的都市中，最清洁整齐的一座白城。白色的迷宫。国会大厦，水电公司，国防大厦，联鸣钟楼，国立图书馆，无一不白。感觉中，坎贝拉像是用积木，不，用方糖砌成的理想之城。在我五天的居留中，街上从未见到一片垃圾。

我住在澳洲国立大学的招待所，五天的访问，日程排得很满。感觉中，许多手向我伸来，许多脸绽开笑容，许多名字轻叩我的耳朵，缤缤纷纷坠落如花。我接受了沈锜先生及夫人，章德惠先生，澳洲外交部，澳洲国立大学亚洲研究所，澳洲作家协会，坎贝拉高等教育学院等等的邀宴；会见了名诗人侯普（A. D. Hope）、康波（David Campbell）、道布森（Rosemary Dobson）和布礼盛顿（R. F. Brissenden）；接受了澳洲总督海斯勒克爵士（Sir Paul Hasluck）、沈锜先生、诗人侯普、诗人布礼盛顿，及柳存仁教授的赠书，②也将自己的全部译著赠送了一套给澳洲国立图书馆，由东方部主任王省吾代表接受；聆听了坎贝拉交响乐队；接受了《坎贝拉时报》的访问；并且先后在澳洲国立大学的东方学

---

① 柏丽·格丽芬湖：即伯利·格丽芬湖。——编者注
② 侯普即霍普，康波即戴维·坎贝尔，道布森即罗斯玛丽·多布森，布礼盛顿即布里森登，海斯勒克爵士即保罗·哈斯勒克爵士。——编者注

会与英文系发表演说。这一切,当在较为正式的《澳洲访问记》一文中,详加分述,不想在这里多说了。

"旷达士"猛一展翼,十小时的风云,便将我抖落在南半球的冬季。坎贝拉的冷静,高亢,和香港是两个世界,和台湾是两个世界。坎贝拉在南半球的纬度,相当于济南之在北半球。中国的诗人很少这么深入"南蛮"的。《大招》的诗人早就警告过:"魂乎无南!南有炎火千里,腹蛇蜒只。山林险隘,虎豹蜿只。鰅鱅短狐,王虺骞只。魂乎无南,蜮伤躬只!"柳宗元才到柳州,已有万死投荒之叹。韩愈到潮州,苏轼到海南岛,歌哭一番,也就北返中原去了。谁会想到,深入南荒,越过赤道的炎火千里而南,越过南回归线更南,天气竟会寒冷起来,赤火炎炎,会变成白雪凛凛,虎豹蜿只,会变成食火鸡,袋鼠,和攀树的醉熊?

从坎贝拉再向南行,科库斯可大山①便擎起须发尽白的雪峰,矗立天际。我从北半球的盛夏火鸟一般飞来,一下子便投入了科库斯可北麓的阴影里。第一口气才注入胸中,便将我涤得神清气爽,豁然通畅。欣然,我呼出台北的烟火,香港的红尘。我走下寂静宽敞的林荫大道,白干的犹加利②树叶落殆尽,枫树在冷风

---

① 科库斯可大山:即科西阿斯科山。——编者注
② 犹加利:即尤加利。——编者注

里摇响眩目的艳红和鲜黄,刹那间,我有在美国街上独行的感觉,不经意翻起大衣的领子。一只红冠翠羽对比明丽无伦的考克图大鹦鹉,从树上倏地飞下来,在人家的草地上略一迟疑,忽又翼翻七色,翩翩飞走。半下午的冬阳里,空气在淡淡的暖意中兀自挟带一股醒人的阴凉之感。下午四点以后,天色很快暗了下来。太阳才一下山,落霞犹金光未定,一股凛冽的寒意早已逡巡在两肘,伺机噬人,躲得慢些,冬夕的冰爪子就会探颈而下,伸向行人的背脊了。究竟是南纬高地的冬季,来得迟去得早的太阳,好不容易把中午烘到五十几度,夜色一降,就落回冰风刺骨的四十度了。[①]中国大陆上一到冬天,太阳便垂垂倾向南方的地平,所以美宅良厦,讲究的是朝南。在南半球,冬日却贴着北天冷冷寂寂无声无嗅地旋转,夕阳没处,竟是西北。到坎贝拉的第一天,茫然站在澳洲国立大学校园的草地上,暮寒中,看夕阳坠向西北的乱山丛中。那方向,不正是中国的大陆,乱山外,不正是崦嵫的神话?西北望长安,可怜无数山。无数山。无数海。无数无数的岛。

到了夜里,乡愁就更深了。坎贝拉地势高亢,大气清明,正好饱览星空。吐气成雾的寒颤中,我仰起脸来读夜。竟然全读不

[①] 此处均指华氏度,50华氏度合10摄氏度,40华氏度约合4.44摄氏度。——编者注

懂！不，这张脸我不认得！那些眼睛啊怎么那样陌生而又诡异，闪着全然不解的光芒好可怕！那些密码奥秘的密码是谁在拍打？北斗呢？金牛呢？天狼呢？怎么全躲起来了，我高贵而显赫的朋友啊？踏的，是陌生的土地，戴的，是更陌生的天空，莫非我误闯到一颗新的星球上来了？

当然，那只是一瞬间的惊诧罢了。我一拭眼睛。南半球的夜空，怎么看得见北斗七星呢？此刻，我站在南十字星座的下面，戴的是一顶簇新的星冕，南十字，古舟子航行在珊瑚海塔斯曼海上，无不仰天顶礼的赫赫华胄，闪闪徽章，澳大利亚人升旗，就把它升在自己的旗上。可惜没有带星谱来，面对这么奥秘幽美的夜，只能赞叹赞叹扉页。

我该去纽西兰①吗？塔斯曼冰冷的海水对面，白人的世界还有一片土。澳洲已自在天涯，纽西兰，更在天涯之外之外。庞然而阔的新大陆，澳大利亚，从此地一直延伸，连连绵绵，延伸到帕斯和达尔文，南岸，封着塔斯曼的冰海，北岸，浸在暖脚的南太平洋里。澳洲人自己诉苦，说，无论去什么国家都太远太遥，往往，向北方飞，骑"旷达士"的风云飞驰了四个小时，还没有跨出澳洲的大门。

------

① 纽西兰：即新西兰。——编者注

美国也是这样。一飞入寒冷干爽的气候，就有一种重践北美大陆的幻觉。记忆，重重叠叠的复瓣花朵，在寒颤的星空下反而一瓣瓣绽开了，展开了每次初抵美国的记忆，枫叶和橡叶，混合着街上淡淡汽油的那种嗅觉，那么强烈，几乎忘了童年，十几岁的孩子，自己也曾经拥有一片大陆，和直径千哩的大陆性冬季，只是那时，祖国覆盖我像一条旧棉被，四万万人挤在一张大床上，一点也没有冷的感觉。现在，站在南十字架下，背负着茫茫的海和天，企鹅为近，铜驼为远，那样立着，引颈企望着企望着长安，洛阳，金陵，将自己也立成一头企鹅。只是别的企鹅都不怕冷，不像这一头啊这么怕冷。

怕冷。怕冷。旭日怎么还不升起？霜的牙齿已经在咬我的耳朵。怕冷。三次去美国，昼夜倒轮。南来澳洲。寒暑互易。同样用一枚老太阳，怎么有人要打伞，有人整天用来烘手都烘不暖？而用十字星来烘脚，是一夜也烘不成梦的啊。

一九七二年七月十四日于雪梨

从西岸到东岸——第四度旅美追记

  从东京飞旧金山的泛美巨机上，猛一回头，并肩坐在我后面五六排，四目灼灼的，赫然是夏菁夫妇。天上邂逅，风波都在脚上，而前缘如烟，前途若雾，巧遇的惊喜之中竟欠缺当年在台北煮酒论诗的湖海豪气。夏菁的两鬓也闪现几茎古典的霜发了。那真是最短的一夜，不但因为知己重逢，谈笑之间，不知东方之既白，更且因为现代的夸父，是以六百英里的时速飞向红丽的旭日的。

  旧金山，西岸最美丽也是最愁人的长亭。和夏菁"高谈"了七千哩后，便在那里分手了。也没有折柳相赠，柏油铺地的国际机场，原就无柳可折。西雅图倒是颇多柳树的，叶珊从机场接我回家，一路林木苍翠，数见柳阴当道，但美国的柳，树矮枝肥，殊欠依依撩人之情。杨柳原应在江南带烟或舞风，不能代表西雅图的景色。从叶珊院子里的斜草坡上隔湖眺望，对岸一带的山峦缓缓起伏，山色天光相接之处，一丛丛一簇簇尽是松杉之属的纤纤尖顶。那种森森矗矗的肃然气象，才是寒带湖山的容貌。叶珊的院子不大，但树木扶疏，雀鸟不喧，倒也有一种萧野的静趣。屋后一株李树，不免有济慈的联想，叶珊笑说，暮春四月，该搬张椅子到树下去写诗。夜莺是听不见的，住西雅图五天，倒几次听到附近的空林里和华大的红砖楼顶，有群鸦噪晚，令人不胜荒寒孤寂之感。此外，在院中高出众木荫庇大半个草坡的，据叶珊告诉我，是一株巨山梨，从下面望上去，只见万叶叠翠，青盖蔽天，真是一株祥木。至于树以人传，曾见于叶珊之文者，则为荫接左邻的几株山茱萸。邻翁认为这批狗树（dogwood）减却了他的湖景，有芟除之意，叶珊则认为茱萸乃神话所传，诗人所佩，何等高贵，谁敢言伐？

中元夜，一轮冰月从华盛顿湖对岸的森林里幻象一般地升起，幢幢然魅着，祟着十里的湖山，倒影投在湖面，碎成千面万面，有多少漪沦，就有多少层月影。月，已不知是谁的魂魄，这千面碎影，更不知是谁的魂魄的魂魄？冥冥中，满座浪子都疑为古中国的魂魄吧，你到哪里就跟你到哪里，转朱阁，低绮户，金波脉脉，在每一丛树后每一角檐底窥你，觑你。太阳是全世界公用的太阳,月亮,却永远是自己私有的月亮。是我厦门街巷底的月,是叶珊花莲海上的月,是少聪的月芳明的月也是瑞穗的月,一片冰心,怎么守得住千魂万魄各自的秘密?

月高风冷,如此鬼夜何?答案是铿然一声古筝。陶处士筑生为我一挥手,向泠泠的十三弦上召来了琤琤琮琮,北国的风,江南的流水,召来了潺潺湲湲和嘤嘤婉婉,盈耳是远古的清音。渔舟唱晚与平沙落雁,锦上花与纺织忙,弄筝人抚弄的弦是聆者的神经纤纤,直到月色更清幽,催眠满湖的鱼龙安慰了四野的妖鬼。今夕何夕,这古老的节奏偏向我抵抗力最弱处袭来,敲叩又敲叩,撼落我睫上的几滴露水?

瑞穗快要做母亲了,未来的龙女或龙子命名怡谦。少聪把她浅青色的Duster①座车借我,帮我考到了华盛顿州的驾驶执照;练就这现代的"缩地术"后,我便飞去洛杉矶,租了一辆一九七五的雪翡璐瓦②,去赴南加州牧神的约会。牧神在他最高的殿堂里等我去拜山,万古青濛濛,那么邃密的一座红杉大森林,盘其道而峻其坡,待我仰驰而入,瞻不完九曲山径的两侧,拔地一耸三十丈,根须在地下啜水,柯臂在空际玩云,一柱柱千岁犹挺立的巨

---

① Duster:即达斯特。——编者注
② 雪翡璐瓦:即雪佛兰诺瓦。——编者注

伟红杉。赤壁千矗，翠盖万张，牧神的迷宫自有层层寒烟冷雨把闠阓来锁闭。旋出山来，我的车窗上兀自笼着他送我的一片白雾，几张湿叶。

山神拜罢拜海神。在旧金山和洛杉矶之间，偶然的机缘，发现了一个绝美绝静的小海湾，偎着一个小渔村，内港狭长而安静，倚在木桥的栏杆上，噗噗的马达声中和啾啾的海鸥悲鸣里，看不厌渔船来往，而外边的沙岸面对的是目渺渺一横蓝色的水平线，此外什么也没有，除了海枯石烂地老天荒那一轮斜阳，和一只尖喙长腿的水鹬在起落的卷潮边缘奔走啄食。日暮了，百多只鸥纷纷栖止，在一盘突兀的怪岩上，犹未栖定的，便绕着那巨石斜斜地回翔。天黑了，那边的灯塔便旋出一闪闪的光芒，向波上的海客和舟子眨眼示意。堤上的路灯亮起，柔乳白色的一串珍珠。海的鼾声应着我的鼾声。

七四七再一展翅，下一站是丹佛，五年前，是我讲学山隐之地。世彭和惟全接我去以祺家，见到庭诗，并参观了他的画室和新作的版画，晚餐后，又把我载回他们在波德山城的寓所。波德你怎么长大了，一过山头，万户灯火赫然在黑蠢蠢的落矶大山下，五哩外，撩人眼花如一盘冷翡翠热玛瑙。不久我们已进入玛瑙丛中，踏在世彭华宅的柔厚地毯上了。精致的消夜一桌杯盘狼藉喃喃叙旧直到四更天，才在落矶山庞伟的阴影里睡去。

山城一宿，旧游之地还未曾枕温，又续向东飞，投入纽约的十丈红尘。志清和怀硕双迎于甘乃迪机场，把我接去红尘的深处，怀硕和阳孜的公寓书画琳琅在四壁，置我在小小的艺术之宫里。怀硕和我去惠特尼艺术馆，迷恋埃及女王克丽婀佩屈[①]毒蛇缠臂的大理石像，徘徊赞叹而不忍离去。志清伉俪在湘菜馆里宴请之不足，更邀回寓所去纵一夕之阔论。两位纽约客疲于领游一位港客，直到国际笔会开幕的前夕，才送我上了去伦敦的班机，把我交给了淼淼的大西洋和祈雨的英国。

一九七六年九月

---

① 克丽婀佩屈：又译为克娄巴特拉或克里奥佩特拉。——编者注

凭一张地图

一百八十年前,苏格兰的文豪卡莱尔从家乡艾克雷夫城(Ecclefechan)[①]徒步去爱丁堡上大学,八十四英里的路程,足足走了三天。七月底我在英国驾车旅行,循着卡莱尔古老的足印,他跋涉三天的长途,我三小时就到了。凡在那一带开过山路的人都知道,那一条路,三天就徒步走完,绝非易事,不由得我不佩服卡莱尔的体力与毅力。凭那样的毅力,也难怪他能在《法国革命》一书的原稿被焚之后,竟然再写一次。

出国旅行,最便捷的方式当然是乘飞机,但是机票太贵,机窗外面只见云来雾去,而各国的机场也都大同小异。飞机只是蜻蜓点

---

① 艾克雷夫城:即埃克尔费亨。——编者注

水,要看一个国家,最好的办法还是乘火车、汽车、单车。不过火车只停大站,而且受制于时间表,单车呢,又怕风雨,而且不堪重载。我最喜欢的还是自己开车,只要公路网所及之处,凭一张精确而美丽的地图,凭着旁座读地图的伴侣,我总爱开车去游历。只要神奇的方向盘在手,天涯海角的名胜古迹都可以召来车前。

十三年前的仲夏我在澳洲,想从沙漠中央的孤城艾丽斯泉(Alice Springs)租车去看红岩奇景。[①]那时我驾驶的经验只限于美国,但是澳洲和英国一样,驾驶座是在右边。一坐上租来的车子,左右相反,顿觉天旋地转,无所适从,只好退车。在香港开车八年,久已习于右座驾驶,所以今夏去西欧开车,时左时右,再也难不倒我。

飞去巴黎之前,我在香港买了西欧的火车月票。凭了这种颇贵的长期车票(Eurail pass),我可以在西欧各国随时搭车,坐的是头等车厢,而且不计路程的远近。二十六岁以下的青年也可以买这种长期票,价格较低,但是只能坐二等。所以在西班牙和法国旅行时,我尽量搭乘火车。火车不便的地方,就租车来开,因此不少偏僻的村镇,我都去过。英国没有加入西欧这种长期票的组织,我在英国旅行,就完全自己开车。

---

① 艾丽斯泉即艾丽斯斯普林斯,红岩即艾尔斯巨石。——编者注

在西欧租车，相当昂贵，租费不但按日计算，还要按照里数。且以两千西西①的中型车为例，在西班牙每天租金是五千西币（Peseta②，每二十元值港币一元），每开一公里再收四十五西币，加上保险和汽油，就很贵了。在法国租这样一辆车，每天收二百法郎（约合一百七十港币），每公里再收二法郎，比西班牙稍为便宜。问题在于：按里收费，就开不痛快。如果像美国人那样长途开车，平均每天三百英里，即四百八十公里，单以里程来计，每天就接近一千法郎了。

幸好英国跟美国一样大方，租车只计日数，不计里数，所以我在英国开车，不计山长水远，最是意气风发。路远，当然多耗汽油，可是比起按里收费来，简直不算什么。伦敦的租车业真是洋洋大观，电话簿的"黄页"一连百多家车行。你可以连车带司机一起租，那车，当然是极奢华的劳斯莱斯或者丹姆勒③。你也可以把车开去西欧各国。甚至你可以预先租好，一下飞机，就有车可开。我在英国租了一辆快意（Fiat Regata）④，八

---

① 西西：英文缩写"CC"（cubic centimetre，立方厘米）的音译，"两千西西"指汽车发动机的容量为2000立方厘米。——编者注

② Peseta：即比塞塔，西班牙在2002年以前使用的货币。——编者注

③ 丹姆勒：即戴姆勒。——编者注

④ 快意：即菲亚特利加塔。——编者注

天内开了一千三百英里，只收二百三十英镑，比在西班牙和法国便宜得多。

伦敦租车行的漂亮小姐威胁我说："你开车出伦敦，最好有人带路，收费五镑。"我不服气道："纽约也好，芝加哥也好，我都随便进进出出，怕什么伦敦？"她把伦敦市街的详图向我一折又一折地摊开，盖没了整个大桌面，咬字清晰地说道："哪，这是伦敦！大街小巷两千多条，弯的多，直的少，好多还是单行道。至于路牌嘛，只告诉你怎么进城，不告诉你怎么出城。你瞧着办吧，开不出城把车丢在半路的顾客，多的是。"

我怔住了，心想这伦敦恐怕真是难缠，便沉吟起来。第二天车行派人来交车，我果然请她带我出城，在去牛津的路边停下车来，从我手上接过五镑钞票，告别而去。我没有说错，来交车的是一个"她"，不是"他"。我在旅馆的大厅上站了足足十分钟，等一个彪形的司机出现。最后那司机开口了："你是余先生吗？"竟是一位清秀的中年太太。我冲口说："没想到是一位女士。"她笑道："应该是男士吗？"

在西欧开车，许多地方不如在美国那么舒服。西欧纬度高，夏季短，汽车大半没有冷气，只能吹风，太阳一出来，车厢里就觉得燠热。公路两旁的休息站很少，加油也不太方便。路牌矮而小，往往是白底黑字，字体细瘦，不像美国的那样横空而起，当顶而过，巨如牌坊。英国公路上两道相交，不像美国那么豪华，大造其四叶苜蓿（Clover-leaf）的立体花桥，只用一个圆环来分道，车势就缓多了。长途之上绝少广告牌，固然山水清明，游目无碍，久之却也感到寂寥，好像已经驶出了人间。等到暮色起时，也找不到美式的汽车客栈。

一九八五年九月一日《联副》

海　　缘

1

　　曹操横槊赋诗，曾有"山不厌高，海不厌深"之句。这意思，李斯在《谏逐客书》里也说过。尽管如此，山高与海深还是有其极限的。世界上的最高峰，圣母峰[①]，海拔是二九〇二八英尺，但是最深的海沟，所谓马里安纳海渊（Mariana Trench）[②]，却低陷三五七六〇英尺。把世上蟠蜿的山脉全部浸在海里，没有一座显赫的峰头，能出得了头。

---

① 圣母峰：珠穆朗玛峰的别称。——编者注
② 马里安纳海渊：即马里亚纳海沟。——编者注

其实也不必这么费事了。就算所有的横岭侧峰都穿云出雾，昂其孤高，在众神或太空人看来，也无非一钵蓝水里供了几簇青绿的假山而已。在我们这水陆大球的表面，陆地只得十分之三，而且四面是水，看开一点，也无非是几个岛罢了。当然，地球本身也只是一丸太空孤岛，注定要永久飘泊。

话说回来，在我们这仅有的硕果上，海洋，仍然是一片伟大非凡的空间，大得几乎有与天相匹的幻觉。害得曹操又说："日月之行，若出其中。星汉灿烂，若出其里。"也难怪《圣经》里的先知要叹道："千川万河都奔流入海，却没有注满海洋。"浩斯曼①更说："滂沱雨入海，不改波涛咸。"

无论文明如何进步，迄今人类仍然只能安于陆栖，除了少数科学家之外，面对大海，我们仍然像古人一样，只能徒然叹其复辽，羡其博大，却无法学鱼类的摇鳍摆尾，深入湛蓝，去探海若的宝藏，更无缘迎风振翅，学海鸥的逐波巡浪。退而求其次，望洋兴叹也不失为一种安慰：不能入乎其中，又不能凌乎其上，那么，能观乎其旁也不错了。虽然世界上水多陆少，真能住在海边的人毕竟不多。就算住在水城港市的人也不见得就能举头见海，所以在高雄这样的城市，一到黄昏，西子湾头的石栏杆上，就倚

---

① 浩斯曼：即霍斯曼。——编者注

满了坐满了看海的人。对于那一片汪洋而言，目光再犀利的人也不过是近视，但是望海的兴趣不因此稍减。全世界的码头、沙滩、岩岸，都是如此。

中国的海岸线颇长，加上台湾和海南岛，就更可观。我们这民族，望海也不知望了多少年了，甚至出海、讨海，也不知多少代了。奇怪的是，海在我们的文学里并不占什么分量。虽然孔子在失望的时候总爱放出空气，说什么"道不行，乘桴浮于海"，害得子路空欢喜一场，结果师徒两人当然都没有浮过海去。庄子一开卷就说到南溟，用意也只是在寓言。中国文学里简直没有海洋。像曹操《观沧海》那样的短制已经罕见了，其他的作品多如李白所说："海客谈瀛洲，烟涛微茫信难求。"甚至《镜花缘》专写海外之游，真正写到海的地方，也都草草带过。

西方文学的情况大不相同，早如希腊罗马的史诗，晚至康拉德的小说，处处都听得见海涛的声音。英国文学一开始，就嗅得到咸水的气味，从《贝奥武夫》和《航海者》里面吹来。中国文学里，没有一首诗写海能像梅士菲尔[①]的《拙画家》（*Dauber*）那么生动，更没有一部小说写海能比拟《白鲸记》那么壮观。这种差距，在绘画上也不例外。像日希柯（Théodore Géricault）、德

[①] 梅士菲尔：即梅斯菲尔德。——编者注

拉克鲁瓦、窦纳等人作品中的壮阔海景，在中国画中根本不可思议。①为什么我们的文艺在这方面只能望洋兴叹呢？

2

我这一生，不但与山投机，而且与海有缘，造化待我也可谓不薄了。我的少年时代，达七年之久在四川度过，住的地方在铁轨、公路、电话线以外，虽非桃源，也几乎是世外了。白居易的诗句"蜀江水碧蜀山青"，七个字里容得下我当时的整个世界。蜀中天地是我梦里的青山，也是我记忆深处的"腹地"。没有那七年的山影，我的"自然教育"就失去了根基。可是当时那少年的心情却向往海洋，每次翻开地图，一看到海岸线就感到兴奋，更不论群岛与列屿。

海的呼唤终于由远而近。抗战结束，我从千叠百障的巴山里出来，回到南京。大陆剧变的前夕，我从金陵大学转学到厦门大学，读了一学期后，又随家庭迁去香港，在那海城足足做了一年

---

① 日希柯即西奥多·杰里科，德拉克鲁瓦又译为德拉克罗瓦或德拉克洛瓦，窦纳即透纳。——编者注

难民。在厦门那半年，骑单车上学途中，有两三里路是沿着海边，黄沙碧水，飞轮而过，令我享受每一寸的风程。在香港那一年，住在陋隘的木屋里，并不好受，却幸近在海边，码头旁的大小船艇，高低桅樯，尽在望中。当时自然不会知道：这正是此生海缘的开始。隔着台湾海峡和南中国海的北域，厦门、香港、高雄，布成了我和海的三角关系。厦门，是过去式了。香港，已成了现在完成式，却保有视觉暂留的鲜明。高雄呢，正是现在进行式。

至于台北，住了几乎半辈子，却陷在四围山色里，与海无缘。住在台北的日子，偶因郊游去北海岸，或是乘火车途经海线，就算是打一个蓝汪汪的照面吧，也会令人激动半天。那水蓝的世界，自给自足，宏美博大而又起伏不休，每一次意外地出现，都令人猛吸一口气，一惊，一喜，若有天启，却又说不出究竟。

3

现在每出远门，都非乘飞机不可了。想起坐船的时代，水拍天涯，日月悠悠，不胜其老派旅行的风味。我一生的航海经验不多，至少不如我希望的那么丰富。全面抗战的第二年，随母亲从上海乘船过香港而去安南①。大陆剧变那年，先从上海去厦门，再从厦门去香港，也是乘船。从香港第一次来台湾，也是由水路在基隆登陆。最长的一程航行，是留美回国时横渡太平洋，从旧金山经日本、琉球，沿台湾东岸，绕过鹅銮鼻而抵达高雄，历时约为一月。在日本外海，我们的船海健号，遇上了台风，在波上俯仰了三天。过鹅銮鼻的时候，正如水手所说，海水果然判分二色：太平洋的一面墨蓝而深，台湾海峡的一面柔蓝而浅。所谓海流，当真是各流各的。

那已是近三十年前的事，后来长途旅行，就多半靠飞而不靠浮了。记得只有从美国大陆去南太基岛②，从香港去澳门，以及往返英法两国越过多维尔海峡，是坐的渡船。

要是不赶时间，我宁坐火车而不坐飞机。要是更从容呢，就宁可坐船。一切交通工具里面，造形最美，最有气派的该是越洋的大船了，怪不得丁尼生要说the stately ships③。要是你不拘形貌，就会觉得一艘海船，尤其是漆得皎白的那种，凌波而来的闲稳神态，真是一只天鹅。

---

① 安南：越南的古称。——编者注
② 南太基岛：即楠塔基特岛。——编者注
③ the stately ships：意为庄严的船只。——编者注

站在甲板上或倚着船舷看海，空阔无碍，四周的风景伸展成一幅无始无终的宏观壁画，却又比壁画更加壮丽、生动，云飞浪涌，顷刻间变化无休。海上看晚霞夕烧全部的历程，等于用颜色来写的抽象史诗。至于日月双球，升落相追，更令人怀疑有一只手在天外抛接。而无论有风或无风，迎面而来的海气，总是全世界最清纯可口的空气吧。海水咸腥的气味，被风浪抛起，会令人莫名其妙地兴奋。机房深处沿着全船筋骨传来的共振，也有点催眠的作用。而其实，船行波上，不论是左右摆动，或者是前后起伏，本身就是一只具体而巨的摇篮。

晕船，是最杀风景的事了。这是海神在开陆栖者的小小玩笑，其来有如水上的地震，虽然慢些，却要长些，真令海客无所遁于风浪之间。我曾把起浪的海叫做"多峰驼"，骑起来可不简单。有时候，浪间的船就像西部牛仔胯下的蛮牛顽马，腾跳不驯，要把人抛下背来。

4

海的呼唤愈远愈清晰。爱海的人，只要有机会，总想与海亲近。今年夏天，我在汉堡开会既毕，租了一辆车要游西德。当地的中国朋友异口同声，都说北部没有看头，要游，就要南下，只为莱因河①、黑森林之类都在低纬的方向。我在南游之前，却先转过车头去探北方，因为波罗的海吸引了我。当初不晓得是谁心血来潮，把Baltic Sea译成了波罗的海，真是妙绝。这名字令人想起林亨泰的名句："然而海，以及波的罗列。"似乎真眺见了风吹浪起，海叠千层的美景。当晚果然投宿在路边的人家，次晨便去卡佩恩（Kappeln）②的沙岸看海。当然什么也没有，只有蓝茫茫的一片，反晃着初日的金光，水平线上像是浮着两朵方薹，白得影影绰绰的，该是钻油台吧。更远处，有几只船影疏疏地布在水面，像在下一盘玄妙的慢棋。近处泊着一艘渡轮，专通丹麦，船身白得令人艳羡。这，就是波罗的海吗？

去年五月，带了妻女从西雅图驶车南下去旧金山，不取内陆的坦途，却取沿海的曲道，为的也是观海。左面总是挺直的杉林张着翠屏，右面，就是一眼难尽的，啊，太平洋了。长风吹阔水，层浪千折又万折，要折多少折才到亚洲的海岸呢？中间是什么也没有，只有难以捉摸，唉，永远也近不了的水平线其实不平也不是线。那样空旷的水面，再大的越洋货柜轮，再密的船队也莫非

---

① 莱因河：即莱茵河。——编者注
② 卡佩恩：即卡珀尔恩。——编者注

可怜的小甲虫在疏疏的经纬网上蠕蠕地爬行,等暴风雨的黑蜘蛛扑过来一一捕杀。从此地到亚洲,好大的一弧凸镜鼓着半个地球,像眼球横剖面的水晶体与玻璃体,休要小觑了它,里面摆得下十九个中国。这么浩淼,令人不胜其,乡愁吗,不是的,不胜其惘惘。

第一夜我们投宿在俄勒冈州的林肯村。村小而长,我们找到那家暮投卧(motel)[①],在风涛声里走下三段栈道似的梯级,才到我们那一层楼。原来小客栈的正面背海向陆,斜叠的层楼依坡而下,一直落到坡底的沙滩。开门进房,迎面一股又霉又潮的海气,赶快扭开暖气来驱寒。落地的长窗外,是空寂的沙,沙外,是更空寂的海,潮水一阵阵地向沙地卷过来,声撼十方。就这么,梦里梦外,听了一夜的海。全家四人像一窝寄生蟹,住在一只满是回音的海螺里。

第二夜进入加州,天已经暗下来了,就在边境的新月镇(Crescent City)[②]歇了下来。那小镇只有三两条街,南北走向,与涛声平行。我们在一家有楼座的海鲜馆临窗而坐,一面嚼食蟹甲和海扇壳里剥出来的嫩肉,一面看海岸守卫队的巡逻艇驶回港

---

① 暮投卧:即汽车旅馆。——编者注
② 新月镇:即雷森特城。——编者注

来，桅灯在波上随势起伏。天上有毛边的月亮，淡淡地，在蓬松的灰云层里出没。海风吹到衣领里来，已经是初夏了，仍阴寒逼人。回到客栈，准备睡了，才发觉外面竟有蛙声，这在我的美国经验里，却是罕有，倒令人想起中国的水塘来了。远处的岬角有灯塔，那一道光间歇地向我们窗口激射过来，令人不安。最恼人的，却是深沉而悲凄的雾号，也是时作时歇，越过空阔的水面，一直传到海客的枕前。这新月镇不但孤悬在北加州的边境，距俄勒冈只有十哩，而且背负着巨人族参天的红木森林，面对着太平洋，正当海陆之交，可谓双重的边镇。这样的边陲感，加上轮转的塔光与升沉的雾号，使我梦魂惊扰，真的是"一宿行人自可愁"了。

次日清早被涛声撼起，开门出去，一条公路从南方绕过千重的湾岬伸来，把我们领出这小小的海驿。

5

仁者乐山，智者乐水，圣人曾经说过。爱水的人果真是智者吗？那么，爱海的人岂非大智？其实攀山与航海的人更是勇者，因为那都是冒险的探索，那种喜悦往往会以身殉。在爱海人里，我只是一个陆栖的旁观者，颇像西方人对猫的嘲笑："性爱戏水，却怕把脚爪弄潮。"水手和渔夫在咸风咸浪里讨生活，才是真正下水的爱海人。真正的爱海人吗？也许是爱恨交加吧？譬如爱情，也可分作两类：深入的一类该也是爱恨交加的，另一类虽未必深入，却不妨其为自作多情。我正是对海单相思的这一类。

十二年来我一直住在海边，前十一年在香港，这一年来在高雄。对于单恋海洋的陆栖者，也就是四川人嘲笑的旱鸭子而言，这真是至福与奇缘。世界上再繁华的内陆都市，比起就算是较次的什么海港来，总似乎少了一点退步，一点可供远望与遐思的空间。住在海边，就像做了无限（Infinity）的邻居，一切都会看得远些看得开些吧。海，是不计其宽的路，不闭之门，常开之窗。再小的港城，有了一整幅海天为背景，就算剧台本身小些，观众少些，也显得变化多姿，生动了起来，就像写诗和绘画都需要留点空白一样。有水，风景才显得灵活。所以中国画里，明明四围山色，眼看无计可施了，却凭空落下来一泻瀑布，于是群山解颜。巴黎之美，要是没有塞纳河一以贯之，萦回而变化之，也会逊色许多。台北本来有一条河可以串起市景，却不成其为河了。高雄幸而有海。

海是一大空间，一大体积，一个伟大的存在。海里的珍珠与珊瑚，水藻与水族，遗宝与沉舟，太奢富了，非陆栖者所能探取。单恋海的人能做一个"观于海者",像孟轲所说的那样,也就不错了。不过所谓观于海当然也不限于观;海之为物,在感性上可以观、可以听、可以嗅、可以触,一步近似一步。

香港的地形百转千回,无非是岛与半岛,不要说地面上看不清楚了,就连在飞机上观者也应接不暇。最大的一块面积在新界,其状有如不规则的螃蟹,所有的半岛都是它伸爪入海的姿势。半岛既多,更有远岛近矶呼应之胜,海景自然大有可观。就这一点说来,香港的海景看不胜看,因为每转一个弯,山海洲矶的相对关系就变了,没有谁推开自己的窗子便能纵览香港的全貌。

钟玲在香港大学的宿舍面西朝海,阳台下面就是汪洋,远航南洋和西欧的巨舶,都在她门前路过。我在中文大学的楼居面对的却是内湾,叫吐露港,要从东北的峡口出去,才能汇入南中国海。所以我窗外的那一片潋滟水镜,虽然是海的婴孩,却更像湖的表亲。除非是起风的日子,吐露港上总是波平浪静,潮汐不惊。青山不断,把世界隔在外面,把满满的十里水光围在里面,自成一个天地。我就在那里看渡船来去,麻鹰飞回,北岸的小半岛蜿蜒入水,又冒出水面来浮成苍苍的四个岛丘,更远处是一线长堤,里面关着一潭水库。

6

去年九月,我从香港迁来高雄,幸而海缘未断,仍然是住在一个港城。开始的半年住在市区的太平洋大厦,距海岸还有两三公里,所以跟住在内陆都市并无不同。可是台湾中山大学在西子湾的校园却海阔天空,日月无碍。文学院是红砖砌成的一座空心四方城,我的办公室在顶层的四楼,朝西的一整排长窗正对着台湾海峡,目光尽处只见一条渺渺的水平线,天和海就在那里交界,云和浪就在那里会合了。那水平线常因气候而变化。在阴天,灰云沉沉地压在海上,波涛的颜色黯浊,更无反光,根本指不出天和水在哪里接缝。要等大晴的日子,空气彻彻透明,碧海与青天之间才会判然划出一道界线,又横又长,极尽抽象之美,令人相信柏拉图所说的"天行几何之道"(God always geometrizes)。其实水平线不过是海的轮廓,并没有那么一条线,要是你真去追逐,将永无接近的可能,更不提捉到手了。可是别小觑了那一道欺眼的幻线,因为远方的来船全是它无中生有变出来的,而出海的船只,无论是轩昂的货柜巨轮,或是匍行波上的舴艋小艇,也一一被它拐去而消磨于无形。

水平线太玄了,令人迷惑。也太远了,不如近观拍岸的海潮。孟子不就说过吗,"观水有术,必观其澜"。世界上所有的江河都奔流入海,而所有的海潮都扑向岸来,不知究竟要向大地索讨些什么。对于观海的人,惊涛拍岸是水陆之间千古不休的一场激辩,岸说:"到此为止了,你回去吧。"浪说:"即使粉身碎骨,我还是要回来!"于是一排排一列列的浪头昂然向岸上卷来,起起落落,一面长鬣翻白,口沫飞溅,最后是绝命的一撞之后喷成了半天的水花,转眼就落回了海里,重新归队而开始再次的轮回。这过程又像是单调而重复,又像是变化无穷,总之有一点催眠,所以看海的眼睛都含着几分玄想。

西子湾的海潮,从旗津北端的防波堤一直到柴山脚下的那一堆石矶,浪花相接,约莫有一里多长,十分壮观。起风的日子,汹涌的来势尤其可惊,满岸都是哗变的嚣嚣。外海的剧浪,捣打在防波堤上,碎沫飞花喷溅过堤来,像一株株旋生旋灭的水晶树,那是海神在放烟火吗?

7

西子湾的落日是海景的焦点。要观赏完整无缺的落日,必须有一条长而无阻的水平线，而且朝西。沙滩由南向北的西子湾，正好具备这条件。月有望朔，不能夜夜都见满月。但是只要天晴，一轮"满日"就会不偏不倚正对着我的西窗落下，从西斜到入海，整个壮烈的仪式都在我面前举行。先是白热的午日开始西斜，变成一只灿灿的金球，光威仍然不容人逼视，而海面迎日的方向，起伏的波涛已经摇晃着十里的碎金。这么一路西倾下来，到了仰角三十度的时候，金球就开始转红，火势大减，我们就可以定睛熟视了。那红，有时是橙红，有时是洋红，有时是赤红，要看天色而定。暮霭重时，那颓然的火球难施光焰，未及水面就渐渐褪色，变成一影迟滞的淡橙红色，再回顾时，竟已隐身幕后。若是海气上下澄明，水平线平直如切，酡红的落日就毫不含糊地直掉入海，一寸接一寸被海的硬边切去。观者骇目而视，忽然，宇宙的大靶失去了红心。

我在沙田住了十一年，这样水遁而逝的落日却未见过，因为沙田山重水复，我楼居朝西的方向有巍然的山影横空，根本看不见水上的落日。西子湾的落日像是为美满的晴天下一个结论，不但盖了一颗赫赫红印，还用晚霞签了半边天的名。

半年后我们从市区的闹街迁来寿山，住进中山大学的学人宿舍。新居也在红砖楼房的四楼，书房朝着西南，窗外就是高雄港。我坐在窗内，举头便可见百码的坡下有街巷纵横，车辆来去。再出去便是高雄港的北端，可以眺览停泊港中的大小船舶，桅樯密举，锚链斜入水中。旗津长岛屏于港西，岛上的街沿着海岸从西北直伸东南，正与我的视线垂直而交，虽然远在两三里外，岛上的排楼和庙宇却历历可以指认。岛的外面，你看，就是森森的海峡了。

高雄之为海港，扼台湾海峡、巴士海峡和南中国海的要冲，吞吐量之大，也不必去翻统计数字，只要站在我四楼的阳台上，倚着白漆的栏杆，朝南一望就知道了。高雄港东纳爱河与前镇溪之水，西得长洲旗津之障，从旗津北头的第一港口到南尾的第二港口，波涵浪蓄，纵长在八公里以上。货柜进出此港，分量之重，已经居世界第四。从清晨到午夜，有时还更晚，万吨以上的货轮，扬着各种旗号，漆着各种颜色，各种文字的船名横排于舷身，不计其数，都在我阳台的栏杆外驶过。有时还有军舰，铁灰色的舷首有三位数的编号，横着炮管的侧影，扁长而骠悍，自然与众不同。不过都太远了，有时因为背光，或是雾霭低沉，加以空气污染的关系，无论是船形舰影，在茫茫的烟水里连魁梧的轮廓都浑沦了，更不说辨认船名。

甚至不必倚遍十二栏杆，甚至也无须抬头望远，只听水上传来的汽笛，此起彼落，间歇而作，就会意识到脚下那长港有多繁忙。而造船、拆船、修船、上货、卸货、领航、验关、缉私、走私……都绕着这无休无止的船来船去团团转。这水陆两个世界之间的港口自成一个天地，一方面忙乱而喧嚣，另一方面却又生气蓬勃，令码头上看海的人感到兴奋，因为这一片咸水通向全世界的波涛，在这一片咸水里下锚的舳舻巨舟曾经泊过各国的名港。高雄，正是当代的扬州。

每当我灯下夜读，孤醒于这世界同鼾的梦外，念天上地下只剩我一人，只剩下自己一人了，不是被逐于世界之梦外，而是自放于无寐之境。那许多知己都何处去了呢，此刻，也都成了梦的俘虏，还是各守着一盏灯呢？忽然从下面的港口一声汽笛传来，接着是满港的回声，渐荡渐远，似乎终于要沉寂了，却又再鸣一声。据说这是因为常有渔船在港里非法捕鱼，需要鸣笛示警，但是夜读人在孤寂里听来，却感到倍加温暖，体会到世界之大总还是有人陪他醒着，分担他自命的寂寞，体会到同样是醒着，有人是远从天涯，从风里浪里一路闯回来的，连夜读的遐思与玄想都不可能。我抬起头来，只见灯火零落的港上，桅灯通明，几排起重机的长臂斜斜举着，船首和船尾的灯号掠过两岸灯光的背景，保持不变的距离稳稳地向前滑行，又是一艘货柜巨轮进港了。

以前在香港，九广铁路就在我山居的坡底蜿蜒而过，深宵写诗，万籁都遗我而去，却有北上的列车轮声铿然，鸣笛而去。听惯了之后，已成为火车汽笛的知音，觉得世界虽大，万物却仍然有情，不管是谁的安排，总感激长夜的孤苦中那一声有意无意的召呼与慰问。当时曾经担忧，将来回去台湾，不再有深宵火车的那一声晚安，该怎样排遣独醒的寂寞呢？没想到冥冥中另有安排：火车的长啸，换了货轮的低鸣。

　　造化无私而山水有情，生命里注定有海。失去了香港而得到了高雄，回头依然是岸，依然是一所叫中大的大学，依然是背山面海的楼居。走下了吐露港的那座柔灰色迷楼，到此岸，又上了西子湾这座砖砌的红楼，依然是临风望海，登楼作赋。看来我的海缘还未绝，水蓝的世界依然认我。所以我的窗也都朝西或西南偏向，正对着海峡，而落日的方向正是香港，晚霞的下方正是大陆。

一九八六年十月十三日

山国雪乡

1

去年夏天在西德的高速路上,看到许多车辆的尾部挂着CH的车牌,再也猜不出究竟是代表什么国家。不会是捷克,更不可能是中国,那,到底是哪一国呢?今年五月去瑞士,看到满街的车子都标着这两个字母,才悟出是代表这中欧的小国。但为什么是CH呢,却想不通。直到有一天,我在瑞士的一毛钱币上看到这山国的拉丁文国号Confoederatio Helvetica[①]。原来瑞士古称海尔维西亚(Helvetia),乃罗马帝国的一省。瑞士钱币的

---

① Confoederatio Helvetica:意为海尔维第联邦。——编者注

两法郎、一法郎、半法郎上，只有这古称而无今名，和她的邮票一样。

如果你仔细看，就发现那钱币上有二十二颗星，因为瑞士联邦今日虽有二十六个州，一度却由二十二州组成。要了解异国的特色，有很多方式，有人欢喜集邮，我却欢喜收集钱币和钞票。在苏格兰，一镑的钞票上是小说家史考特的画像，五镑的上面是诗人彭斯。在法国，十法郎上印着作曲家贝辽士，浓发飞舞，正扬着一根指挥杖，二十法郎上是作曲家德布西，背景是海波起伏，隐然可闻交响诗 *La Mer* 的旋律。西班牙的百元钞面是音乐家法耶的清瘦面容。瑞士的钞票上却是另一种人：十法郎上印的是十八世纪的数学家欧亦乐（Leonhard Euler），二十法郎上是十八世纪的物理学家兼地质学家梭修（Horace-Benédict de Saussure），至于百元法郎上，却是一位外国人，意大利的建筑家巴罗米尼（Francesco Borromini）。由此可见瑞士人比较崇拜科学家，否则瑞士籍的大画家克利（Paul Klee）不至于上不了钞票。①

---

① 史考特即司各特，贝辽士即柏辽兹，德布西即德彪西，La Mer 意为大海，法耶即法利亚，欧亦乐即莱昂哈德·欧拉，梭修即霍拉斯-贝内迪克特·德·索热尔，巴罗米尼即弗朗切斯科·博罗米尼。——编者注

从钞票上还可见瑞士的另一特色，那便是语文的多元性。德文、法文、意大利文在瑞士都是法定的语文，使用的人口比例依次是百分之六十五、十八与十二。使用德文的人虽多，但对少数语文颇为尊重。联邦政府的公告例皆三种文字并列，而联邦的公务员也必须擅操其二。至于地方政府，则可视实际情况，在三语之中，指定一种为正式语文，专作行文通告之用。例如我去参加笔会的所在地露加诺（Lugano），属提契诺州（Ticino），居民说的是隆巴地①腔的意大利语，因此意文就是该州的法定文字。我在露加诺一个礼拜，耳濡目染，也乘机学了几打单字，可是在当地的电视上听约翰·韦恩满口的意大利语，却感到十分滑稽。

瑞士的钞票上，正面印着法文与意文，例如二十法郎的钞票，正面就标明Vingt Francs，Venti Franchi；反面却标明Zwanzig Franken，Vantg Francs，②前者当然是德文，后者呢，却是瑞士的第四种语文，只有六万人使用，叫做罗曼史（Romansch）③，乃是承袭拉丁文而来的山地方言。在同一张钞票上，"瑞士国家银行"的国名"瑞士"，也是四种文字并列，依次是Suisse（法文）、

---

① 隆巴地：即伦巴第。——编者注
② 四个词组意思都是"二十法郎"。——编者注
③ 罗曼史：此处指罗曼斯方言。——编者注

Svizzera（意文）、Schweiz（德文）、Svizra（罗曼史）。中文的瑞士显然来自法文。

瑞士的地图也是如此。在同一张图上，西部的湖，在法语地区，就叫做lac，例如日内瓦湖就叫Lac Léman。北部和中部的湖就用德文的see，例如君士坦斯湖[①]英文叫Lake Constance，瑞士地图上却叫Bodensee。南部的湖则用意大利文，例如露加诺湖叫Lago di Lugano。这种纷然杂陈的语文状态，对于一般游客当然颇不方便，但对于喜欢文字的人，却十分有趣。

尽管瑞士有四种语文，在公共场所英语却颇流行，所以能讲英语的游客在瑞士，远比在法国和西班牙方便多了。

2

一入瑞士，就觉得这国家安详而有条理，一切都按部就班，像一只准确的表。自从神圣罗马帝国以来，瑞士的历史就没有发生过什么惊天动地的大事。有人戏言，威廉·泰尔[②]射中自己儿

---

① 君士坦斯湖：又译为康斯坦茨湖或博登湖。——编者注
② 威廉·泰尔：即威廉·退尔。——编者注

子头上的苹果，是唯一可观的壮举，而威廉·泰尔并非正史的人物。四百年来，这山国未遭重大战乱。一八四七年，邀进派与天主教各州之间的内战，历时甚短，只死了一百二十五人。从一八一五年的巴黎条约到现在，瑞士已经维持了一百七十二年的中立。

一个国家要确保中立，得有中立的本钱：武力。瑞士的和平靠她的军备来支持。每一位男子在十八岁到二十岁之间，要服三个月的兵役，役满即为后备军人；一直到五十岁，每年还要接受两个星期的军训。我在苏黎世机场候机，就看到附有英文的告示，说本地正在军事演习之中。据说山区也常见行军。后备军人的制服和枪弹都藏在家里，一旦国家有警，便可立刻应召。一九四〇年纳粹气焰高涨，季商将军（General Guisan）在联邦发祥地鲁特立（Rutli）召集全国的军官，向希特勒展示兵力。[①]除此之外，瑞士从未全国动员。世界各国谁敢像瑞士这样藏械于民呢？令人佩服的是，瑞士家家有枪，却没有人拿来私用。

从社会生活到政治制度，看得出瑞士人在各方面都是富于理性的民族，一方面在民主自由的制度下容忍异己，尊重他人，一方面在守法的精神下表现自尊。在政治上，联邦政府只掌管外交

---

① 季商将军即吉桑将军，鲁特立即吕特利。——编者注

及关税一类的大事，其他事务多由地方政府自主，所以瑞士各州的自主权大于美国各州。一个人必须先取得瑞士某州的公民资格，才能成为瑞士公民。在宗教上，奉新教者占百分之五十三，奉天主教者占百分之四十五，但各州可以择定其一为正教，也可以一视同仁。德文、法文、意文虽然并为法定语文，各州却可以认定一种来使用。据说车上的司机或守卫在跨越州界的时候，话才讲到一半，竟然会改口说另一种语言。

在可以选择的时候，瑞士人崇尚自由。在不容选择的时候，他们却十分守法。例如抗生素之类列入管制的药品，药房里明明有货，就绝对不肯出售。我存在露加诺生病，向一家药房买这种药，店员告以必须有医师的处方才敢出售。终于在药房的推荐下，我存还是去看了一位会说英语的医生。

搭乘公共汽车，要向站牌旁边的售票机投钱买票，可是上下车都不验票。若是突击抽查时发现无票，就要罚六十倍，而且是当场付现。我们在露加诺乘了一星期的公交车，从来没见抽查，但是人人都买票上车。瑞士人不收小费，他们认为一分钱一分货，必须公平交易。有一次我在火车站的行李间赏两法郎给站员做小费，他立刻有礼而又坚决地退还给我，令我印象深刻。

守时，是瑞士人的另一美德，所有交通工具都是明证。公交车司机总是手扶方向盘，脚点油门，眼睛注视着电子钟，按秒行车。时间一到他立刻开车,宁可在驶了一二十公尺后再停下来,等待迟到的乘客。瑞士人守法,在观念上与其说是为了尽公民之职,不如说是为了追求凡事做得正确,而使人人得益。精确与可靠,正是瑞士人精神之所在。小而至于钟表,大而至于九点三英里长的隧道,都给瑞士人一板一眼做得天衣无缝。欧洲的铁轨纵横,交会于瑞士,苏黎世的火车站在最忙的季节,一天要指挥近千的班次进出。

瑞士与奥地利同为高踞欧洲屋顶的两个小山国,也同为与世无争的中立国。奥地利在七十年前由帝国改成共和,三十年前更由被人占领的战败国改成中立国,其历史早由绚烂归于平淡,而立国之道也逐渐趋向瑞士,朝精密与可靠的工业发展。然而在心底,奥地利人仍旧神往于亲切闲适之境(德文所谓Gemütlichkeit[①])。毕竟维也纳曾是建筑与音乐之都,除巴哈以外,西方古典音乐大师不是生在奥国,就是在奥国成长;更不论无调音乐的重镇,全由奥国一手包办了。至于现代文学,光辉的名字也有里尔克、慕西尔(Robert Musil)、卡夫卡、卡内提。对比之下,瑞士只举得出一位作曲家:霍内格(Arthur Honegger),但在

---

① Gemütlichkeit:意为舒适、安宁。——编者注

文学上却举不出一位对等的大家。①常有人说，瑞士人在驯服山岳之余，把自己也驯服了，乃以精确的效率为务，不学奥地利人的奔放飞扬。可是天哪，能驯服磅礴凛冽的阿尔卑斯，不也是英雄么？

3

瑞士贫于天然资源而富于风景，不但多山，而且多湖。和意大利接壤处有三个大湖，其中最小的一个，有一角伸入意大利境的，是露加诺湖，面积十九平方英里，状若歪斜的K形。沿岸有十几个村镇，最大的是北岸的露加诺，人口三万，为提契诺州的旅游名胜，国际笔会第五十届年会在此召开。此地离意大利不过半小时的车程，加以居民与意大利人同种，且说意大利语，可谓典型的边城，所以本届年会的主题就叫做"作家与边界文学"（Scrittori e letterature frontiera）。

瑞士地高，位于阿尔卑斯南坡的这湖，水面也海拔二七一

---

① 巴哈即巴赫，慕西尔即罗伯特·穆齐尔，卡内提即卡内蒂，霍内格即阿尔蒂尔·奥涅格。——编者注

公尺。露加诺镇背山面湖,斜在一片坡上,下面是一泓波动的水光,向东北和南面伸展,四围高峻的山势也压它不住。沿湖的人行道很长,有修剪整齐的菩提树接阴遮顶,堤边泊着许多艇船,正是散步的大好去处,因此行者不绝。像中欧的一般小镇一样,市中心是一片红顶的楼屋,高度皆在六层上下,别有一派妩媚而热闹的生气。愈往南走,白屋就愈多,到了南郊的天堂村(Paradiso)[1],就变成亮眼的粉白。这人行道在湖之西岸,东望湖水尽头,有两山峻斜入水,壮人心目,北岸的一座是一侧峰,叫布瑞山[2],南岸是一座横岭,麓脚交叠之处想是湖水蜿蜒向北延去。走到天堂村的渡船码头,东望交叠的山脚,正好分开,却又露出更多的层峰叠岭,重重复复,在背后探出头来。但这些交错的峦头毕竟太小了,禁不住远处的雪山一推,只好纷纷向两旁让开,露出上首主客的高贵白头。

我们住在天堂村的欧罗巴旅馆三楼,落地长窗外的阳台正对着东北偏东的这一片湖景,激滟的波光一路晃进房来,所以旅馆就名为 Europa au lac[3]。群山开处昂起头来的雪山,白矗远空,体

---

[1] 天堂村:即帕拉迪索。——编者注
[2] 布瑞山:即布雷山。——编者注
[3] Europa au lac:意为欧罗巴湖。——编者注

魄宏伟，横亘的山势耸着两座巨首，那博大的气象不由人不肃然起敬。湖上的气候多变，早晚的气温会降到摄氏八九度，出门得披上大衣。那雪山在阴天与远空泯化一体，或为近雾所遮，茫然不可指认。天色一晴，赫然，它便闪现在空际，遥遥君临着湖景，可远瞻而不可近亵，成为一个神圣的标记。

湖上下过几场大雨，来势可惊，北岸当头的布瑞山，绿阴与红楼高下掩映的，一下子就吞入白濛濛的雨气里了。下雨也有好处，因为第二天高山积雪加深，就更皑皑夺目。若是一连晴天，积雪渐融，山顶就只剩下纵横的白纹如网，不复一片皓皓了。湖上北望，在布瑞山的左后方，约当四十度的仰角，还有两座雪山前后交辉，也是晴则减白，雨则积厚，像变戏法一样。对比起来，还是东北偏东的那一脉雪山，远在两排青山的缺口守住这湖镇的岁月，更觉壮观。夫妻两人望之不足，全被它所慑所祟，不由自主。我没受过目测训练，不能决定它到底有多远。那种气派，至少在五十公里外吧？我在瑞士地图上，从露加诺向东北东沿界尺画了一条红线，觉得线上的高峰，从二六〇九公尺的雷尼奥奈（Mte Legnone）[①]到四〇四九公尺的贝尔尼纳（Piz Bernina）都有嫌疑。为了要留下它庄严的法相，有一天清晨，不到六点我们就

---

① 雷尼奥奈：即莱尼奥内山。——编者注

冒着风寒去湖边支架守候，在金曦初动的一瞬，摄下它接受万山朝拜的威仪。阿尔卑斯南坡的夏晚颇长，我存的镜头更守到八点三刻，等夕照把山头的皑白染成一片魔幻的淡蔷薇色，层叠的石棱投影有如复瓣。益信莫内所说的形不长在，色不长存。

天堂村的天空反而比别处窄小，因为有一座孤峰，树色苍苍，石貌岸然，毫无借口地平白竖起，霸占了它南面的空间。一连几天扭脖子回头，辛苦地瞻仰而难见其项背。只见云和鸟一到了它背后，就没有了下文。后来才知道它叫做圣萨尔瓦多山（Monte San Salvatore）[①]，与布瑞山南北对峙，平分了阴晴的天色，守卫着下面的露加诺，像一对简纳司门神。瑞士多山，召来全世界的山客，所以到处都有缆车（当地人叫funicolare），也是瑞士人拿手的一大工程。终于等到了一个晴朗的早晨，我们便到山麓的缆车站去候车登山。

缆车半小时就有一班，双程票每人十法郎。车厢陡斜，但座位保持水平，有如上楼的梯级，所以乘客仍可从容观览，不须幻觉天翻地覆。钢缆紧张地拔河，朱红色的缆车便攀天梯而上，平平稳稳就深入了丛阴，只觉一股寒气袭肘而来，挟着石气和松杉的清香。平地今晨的气温只有八度，这上面，恐怕又低两三度了。

[①] 圣萨尔瓦多山：即圣萨尔瓦托雷山。——编者注

"你看那下面！"我存叫起来。

树隙间，露加诺镇一堆堆明丽的红屋都落到脚下去了，远处的群山和其后的雪峰竞相簇起——正神往之际，缆车已到山腰的中途站，寥落的乘客步下月台，转到另一辆红车上，以更陡危的仰角被提上天去。"失势一落千丈强"，韩愈的句子忽然威胁着我。这样不停地提——升，不，提拔，要把人提到哪里去呢？

我们步出车厢，走出松林，登上四方的瞭望台。两人不约而同，大惊小怪地迸出一声"啊"来。

全世界都落在脚下了，露加诺、天堂村、卡斯塔尼奥拉、美丽迪①，全匍匐在绝壁一削的山脚，一角白石就遮去了半个小镇。圣萨尔瓦多把我们抬举到他的额顶，到了这高度，能跟我们在同一层次对话的，只有四周这些头角峥嵘的青山了。左近的布瑞山，红楼错落，散布坡间，隐隐可见一线缆车道斜上山去，像柯立基所说的放宕之罅（romantic chasm）。②这座山当然是认得的，但是它肩后巍然崛起、体魄显然更大一号的，是波利亚山吗？转身朝南，有长桥东西凌波，去意大利的车辆必经之地；桥对面一山突兀，有唯我独尊之概，湖水拗它不过，只好左右分蓝，回绕而

---

① 美丽迪：即梅利德。——编者注
② 柯立基即柯勒律治，romantic chasm 直译为浪漫的鸿沟。——编者注

去，它，就是圣乔治山吗？我拿着一张地形图，蟪蛄不识春秋，妄想结交这些山岳的长老，为天地点名。

更不可高攀的是，即使在此高度，也徒然仰羡的，皑皑不绝，白耀今古的雪山。这些山中之圣、石中之灵，拥着纯净得近乎虚无之境，守着天地交接的边疆，把同侪的对话，越过下面的簇簇青山，提高到雪线以上。怪不得什么都听不到了，血肉的年龄怎能去高攀地质学的什么代什么纪呢？登高望远，不但是空间的突破，间接地，也是时间的再认。风景可以是一面镜子，浅者见浅，深者窥深，境由心造，未始照不出一点哲学来。

4

我们去了两趟意大利。这种便游（side trip）算是瑞士之旅的花红。

一趟是去米兰的拉斯卡拉歌剧院听音乐会。那天天色转阴，湖风颇凉，四辆旅游车满载笔会作家动身时，已经快六点了。越过露加诺湖后，沿着东岸南行，峰回湖转，风景兼有明媚与雄奇之胜。穿过两个隧道，便进入意大利境了，海关也不曾上车来查阅护照。一个半小时后就到了米兰，停车在歌剧院前。

拉斯卡拉的内厅并不算大，却很高，楼座的包厢共有六层，加起来，那全面的立体感就很高大了。地上铺着巨幅的深红厚毯，座位全是红绒，映着金黄的一层层壁灯和大吊灯，气氛温暖而华丽，恍若回到维尔第[①]的时代。楼下专为招待笔会作家，楼上则是一般听众，不久下面的几层也满座了，顶层甚至也有客高栖而俯眺。各层的听众彼此眺望，已经够热闹的了，令人想起十九世纪的多少故事。包厢里有些盛妆的女客真说得上是美人，使我悠然怀古，念及朱丽叶和黛瑞莎（Teresa Guiccioli）[②]。

那晚的音乐会不是歌剧，而是钢琴独奏，颇令人失望。钢琴家是刁烈（Francois-Joël Thiollier），一共奏了哈摩、舒伯特、肖邦、李斯特、德布西、拉维尔等十二首琴曲，技巧虽然纯熟，却嫌下手太重，像有意凌虐钢琴，大家都震得有点耳麻。[③]倒是在谢幕安可时饶的一首小品，只用左手轻敲，反而滴溜清脆，令人饱享耳福，报以掌声。散场时大家在外厅披衣等人，一面依依回顾两壁雕刻的罗西尼、维尔第、奥芬巴赫，并仰望正门楣上的托斯卡尼尼。

---

① 维尔第：即威尔第。——编者注
② 黛瑞莎：即特雷莎·圭乔利。——编者注
③ 刁烈即弗朗索瓦·若埃尔·希奥利尔，拉维尔即拉威尔。——编者注

另一趟是去科摩（Como），因为更近，所以一下午便可来回。科摩湖比露加诺湖大三倍有余，全在意大利境内，科摩城就在湖之南端，除湖景外，并以市场与大教堂闻名。车在爱国英雄加瑞波地①的铜像前停下，我们就走进门口的方堡，入了号称无物不备的市场。除了一家店门口挂着一排肥大如瓦斯筒的色拉米香肠外，并不觉得这市场怎么特别。我们在一家礼品店里买了几个大理石粉塑造的娃娃，和配色奇丽的领带，发现店方美金与瑞士法郎都收，找给我们的却是里拉。虽然商品的标价动辄五位数字，一千二百里拉其实只合美金一元。在回程的车上，检视找来的零币，发现五百里拉的钱币（约值台币十二元）竟有二色，内圆金光耀眼，外面的一圈却闪着银辉。或有日月双轮的寓意。我从未见过哪一国的零币设计得这么别致。

科摩的大教堂建于十四世纪末年，里外都显得古旧了。浅青绿色的隆然圆顶令我想起伦敦的圣保罗大教堂，一行鸢尾形的十字架沿着屋脊的斜坡爬向塔楼，五月的白罗纱云在后面飘卷而过，衬得塔上的圣徒益发像在风里飞了。意大利的青空，六百年来都像这么温柔的吗？里面，却暗得多了。从外界嚣烦的市声与世尘进来，忽然什么全静了下去，是怎样的解脱。就这么坐在

---

① 加瑞波地：即加里波第。——编者注

信徒的长椅上，承受着各种阴影交叠而来体贴地微妙地覆在心头的感觉，那重量，有一点像圣乐的打击。就这么坐在暗里，让七彩的玻璃长窗引来中古的天国之梦，空间泛浮着，啊，蜡烛的淡香。蜡烛是真的，三百里拉就可以捐献一支，插到两厢的烛坛上去，为那千烛并列的柔黄光晕再添一蕊心香。面对这一长列的整齐烛火，我进入了催眠的恍惚：在科隆的大教堂里也曾这样。

5

从苏黎世来露加诺，我乘的是瑞航的小客机，半小时的行程飞得却不低，因为下面不是等闲，是阿尔卑斯，欧洲的屋顶，众山之根。那是我眼睛最忙的半小时了。蟠踞大半个瑞士，还要探爪摆尾到意大利、奥地利去，那么一大盘轮轮囷囷的来龙去脉，从一尺半的窄窗里回首俯瞰，中间阻挡着一角机翼，还有谁愚蠢的大头——原谅我的不耐——怎么觑得真切呢？最高兴是转弯时机翼一沉，窗口正对着雪山，积雪之白与峭壁之黑形成惊心动魄的对比，那傲岸与磅礴，令人胸口紧压。可惜机翼立刻又举平了，天启甫开即闭。半小时的飞行，倒有二十五分钟是浮在那一片耀眼的雪光之上，令人兴奋而不安。但是看呢，却没有看够。

所以回程便改乘火车。俯视不足，便用仰观补偿。

行前两天，我们怀着乘自强号的心情去山上的火车站预购车票。

"后天去苏黎世？"窗口的站员问道，"为什么要预订车票呢？"

"怕人会挤呀！"我说。

"怕人挤吗？"他惊讶地笑了，"在瑞士的火车上？"

走的那天是星期天，清早七点半我们就坐计程车赶到火车站，准备乘七点五十五分的直达车去苏黎世。站员问我要头等还是二等。

"二等人挤吗？"我问。

"不会的。"他又笑了。

"那我们要两张二等。"

"每张是四十三法郎，"他说，"你们是去苏黎世还是苏黎世国际机场？"

"当然是到Zürich-Flughafen[①]。"

他把票给我们，并且指示我们去左边的柜台寄存行李。行李间的女职员听我们说要去苏黎世赶下午的瑞航去香港，接过我们的机票，看清楚行程之后，把两张托运收条钉在机票上。

[①] Zürich-Flughafen：意为苏黎世国际机场。——编者注

"好了。"她说。

"我们到苏黎世车站再提行李吗?"我不安地问她。

"不是的,行李会跟你们上飞机,"她说,"你们到香港那头,当场去取就行了。托运费每件十八法郎。"

"这么方便?值得,值得!"我再三说。

于是我们拎着小手提袋,轻轻松松地上了火车。刚刚坐定,车就开了。可容五十人的长车厢,只零落坐了五六个人。这就是我们担心的"挤",想着,不禁相对而笑。瑞士的面积比台湾至少大两个县,而人口只有六百三十万,凭什么要摩肩接踵?火车上不但人少,座位也比自强号宽,座垫厚实,色调灰而雅,两座之间的扶手可以推贴椅背。车行迅捷而平稳,而且不播音乐。

半小时后,车到提契诺的州府贝林错纳,过此,便沿着提契诺的清流,贴着列芬蒂娜狭长的谷地攀缘北上。[①]隧道成串而来,对峙的山势渐渐峻拔,形貌也益见险怪。毕竟是阿尔卑斯向阳的南坡,雪山还不太多,所积也不太厚,却已教我们够兴奋了。众山的来势回龙转脉,簇峰攒岭,相牵相引而层出不穷。高高在上的山国,春天来得也较迟。已经是五月中旬了,半山的杉柏一半嫩绿,另一半仍然深苍。这一带的绝壁往往一落数百公尺,全是

---

① 贝林错纳即贝林佐纳,列芬蒂娜即莱文蒂纳。——编者注

整幅的岩石，筋骨暴露在半空，复层的地质如神斧一劈剖开。几乎每转三五个峰头就有瀑布从高崖上孤注而来，一线白光耀人眉目，落山后就不见了，想必是汇入了浅浅的提契诺山溪。看得出那溪水是怎么冰清彻骨，因为那是高处雪姑的化身。

铁轨与公路或平行或交错，在别无余地的列芬蒂娜窄谷里一路迤逦相随。有时公路落在坡下，来路与去向可以指点俯览。有时公路凌空而过，仰窥只见一丛修伟的浅灰桥柱拔上天去，像撑起一座巍峨的牌坊。公路也是现代的穿山甲，和铁轨并进的时候，就可以看见隧道的黑口怎么一口就把北上的汽车吞没，又在山的后头再吐出来。我们的眼睛当然没有闲着，不知该惊叹造物的造山运动，还是瑞士人的穿山技巧。惊喜之情更因车行之速而增加，山头累累而来，乍起的兴奋立刻被后面的震撼所取代。

地势渐行渐高，连轮下的谷地也海拔快上千尺。等到车速缓了下来，我们知道圣哥达隧道（St. Gotthard-Tunnel）到了。这隧道长九点三英里，最高点为三七八六英尺。一百年前，瑞士的工程师与阿尔卑斯争地，硬是顶撞山神，在他最坚最顽的痛处，锵锵然穿凿而过，南北一孔相通，山豪与石霸从此再不能垄断一切了。

"'地崩山摧壮士死，然后天梯石栈相钩连'，"我对她说，"要是李白跟我们一起来了，不晓得会兴奋成什么样子。"

"真想知道，他会写怎样的一首七绝。"她笑笑说。

"这隧道嘛，"我想了一下，"该让韩愈来写，他会写得怪中有趣。李白，可以写洞外的雪山。"

"这火车愈走愈慢了。"她说。

"因为它也在地下爬坡。"我说。

车厢里的灯早亮了，阴影在阒冥的洞壁上扑打如蝙蝠。五分钟过去了，长若中古。窒息感、恐闭症，我们在山的隐私里愈陷愈深。忽然有异声自彼端传来，先是低弱而迟疑，继而沉重又坚定。高频率的嚣嚣迎面而来，扫肩而过，一时光影交错，在封闭的长洞里南下的列车迅闪而逝，把回音搅成一盘漩涡。就这么交了两班来车，九分钟后，我们冲回白天，进入另一个瑞士。

这漫漫的圣哥达隧道，九分钟之短九英里之长的地下之夜，贯穿了南北两个瑞士，洞南说的是意大利语，母音圆融，洞北说的却是德语，子音杂错。同样是山，洞以南叫monte，洞以北却变成berg。刚才入洞处的小镇叫爱若罗（Airolo），出洞口的小镇却叫昂德马特（Andermatt），只听发音就晓得别有天地。①

北边的昂德马特海拔比爱若罗高出二七二公尺，可见隧道是向北上升。一出北口，雪山便成群结队而来，一峰未过，一峰又

---

① monte是意大利语的"山"，berg是德语的"山"，爱若罗即艾罗洛，昂德马特即安德马特。——编者注

起，那么多尊白皓皓的高头，都在同侪的耸肩之后俯窥着我们，令人不安。其实，那只是幻觉而已。顶天立地的阿尔卑斯群峰，岩石之长老，山岳之贵族，凛冽而突兀的高龄与神同寿，目中怎会有人呢？我的白发抵抗时间之风，还能吹多少年呢？他们的白头，昂其冰坚雪洁，在永恒之镜中却将常保其威严。

峰回车转，皑皑不断，天都给照白了。左右两边都有成排的雪山叠肩压来，令人难以兼顾。好在座位大半空着，由得我们这两位山颠一会儿抢到左窗，一会儿跳去右窗，带着半抑的惊诧，诉说断断续续续的叹赏。有的白蜂崖岸自高，昂然天外，似乎不屑与他山并驱，无论火车怎么兜绕，都不改容。有的远看为峰，傲挺着孤僻，近前来时却伸展成壮阔的横岭，斜曳着长长的雪坡。有的不是一座峰，是一簇峰头聚在一起，中间平铺着白洁无瑕的雪台。而真正耐看的，不是雪山纯白一片，而是绝壁向阳，留不住积雪，几幅黑壁就层次分明地刻画了出来。每一座都值得细细瞻仰，但哪能让你从容低回呢，隧道一条接一条兜头罩过来，吞去了浩瀚的雪景。隧道若短，出洞时迎你的仍是送你进洞的同一座山；若是长呢，洞口早已换了天了。

瀑布仍然是有的，却冻成百尺的冰河了。至少表面是如此，冰壳下面仍然有涓涓细流，太阳出来时，冰壳会化出一个窟窿，喷出小瀑布来。

再往北走，渺漫的水光便横陈在左窗，雪山之阵总算让出一片空间来。两汪长湖夹着中间一泓小湖，依次是无奈湖（Urner See），潦泽湖（Lauerzer See），楚客湖（Zuger See）。①隔着水镜看山，正看加上倒看，实者已经若幻，虚者更增一层飘逸之美。隔水看雪山，可以尽其山势，纵观全景，不像局在山脚下难见项背。加以湖长而山多，一路畅看过去，真是肺腑满冰雪了。

过了楚客湖，绿肥白瘦，雪山不再成群来追。我们带着满足的疲倦，定下神来，靠回高高的椅背。火车穿过平野的茫茫白雾，驶向苏黎世城。最后，我们走出火车站，却发现不是地面，是地底。我们乘电梯升上去，门开处，已经在国际机场里了。

一九八七年六月二十四日

---

① 无奈湖即乌里湖，潦泽湖即劳尔兹湖，楚客湖即楚格湖。——编者注

红与黑——巴塞隆纳[①]看斗牛

1

四月下旬,去巴塞隆纳参加国际笔会的年会,乃有西班牙之旅。早在七年前的夏天,就和我存去过爱比利亚半岛[②],这次已是重游。不过上次的行踪,从比斯开湾一直到地中海,包括自己驾车,从格拉纳达经马拉加到塞维利亚,再经科尔多巴[③]回到格拉纳达,广阔得多了。这次会务在身,除了飞越比利牛斯山壮丽的雪峰之外,一直未出巴塞隆纳,所以谈不上什么壮游。我最倾

---

① 巴塞隆纳:即巴塞罗那。——编者注
② 爱比利亚半岛:即伊比利亚半岛。——编者注
③ 科尔多巴:即科尔多瓦。——编者注

心的西班牙都市,既非马德里,也非巴城,而是格拉纳达、托雷多①那样令人屏息惊艳的小镇。

尽管如此,这一回在巴塞隆纳却有三件事情,是我上回未曾身历,而令我的"西班牙经验"更为充实。其一是两度瞻仰了建筑大师高帝设计的组塔,圣家大教堂(La Sagrada Familia d'Antonì Gaudí),不但在下面仰望,而且直攀到塔顶俯观。②

其二是正巧遇上四月廿三日的佳节,不但是天使长圣乔治的庆典,更是浪漫的玫瑰日,所以糕饼店的橱窗里都挂着圣乔治在马上挺矛斗龙的雕像,蛋糕上也做出相似的图形,广场的花市前挤满了买玫瑰的男人,至于书摊前面,则挤满了买书给男友的女子。躬逢盛会,我们追逐着人潮,也沾了节日的喜气。不过那一天也是塞凡提斯③的忌辰,西方两大作家,莎士比亚与塞凡提斯,都在一六一六年四月廿三日逝世,但是就我在巴塞隆纳所见,那一天对《唐吉诃德》的作者,似乎并无纪念的活动。

巴塞隆纳是西班牙第一大港、第二大城,人口近二百万。中世纪后期,它是阿拉贡王国的京都。二次大战之前昙花一现的

---

① 托雷多:即托莱多。——编者注
② 高帝即高迪,圣家大教堂即圣家族大教堂。——编者注
③ 塞凡提斯:即塞万提斯。——编者注

卡塔罗尼亚共和国[①],也建都于此。当地人说的不是以加斯提尔为主的正宗西班牙语,而是糅合了法语和意大利语的卡塔朗语(Catalan),把圣乔治叫做Sant Jordi。[②]市政府宫楼的拱门上,神龛供着一尊元气淋漓的石雕,正是屠龙的天使圣乔治。

但那是中世纪的传说了。这一次在巴城,我看到的,是另一种的人与兽斗。

2

斗牛,可谓西班牙的"国斗",不但是一大表演,也是一大典礼。这件事英文叫bullfighting,西班牙人自己叫corrida de toros,语出拉丁文,意谓"奔牛"。牛可以斗,自古已然。早在罗马帝国的时代,已经传说拜提卡(Baetica,安达露西亚之古称)有斗牛的风俗,矫捷的勇士用矛或斧杀死蛮牛。[③]五世纪初,日耳曼蛮族南侵,西哥德人据西班牙三百年,此风不变,而且传给

---

① 卡塔罗尼亚:即加泰罗尼亚。——编者注
② 加斯提尔即卡斯蒂尔,卡塔朗语即加泰罗尼亚语。——编者注
③ 拜提卡即贝提卡,安达露西亚即安达卢西亚。——编者注

了路西塔诺人（Lusitanos，葡萄牙人古称）。①其后爱比利亚半岛陷于北非的摩尔人，几达八世纪之久（七一一至一四九二）；因为伊斯兰教徒善于骑术，便改为在马背上持矛斗牛，且命侍从徒步助斗，一时蔚为风气。于是在塞维利亚、科尔多巴、托雷多等名城，古罗马所遗的露天圆场，纷纷改修为斗牛场。至于小镇，则多半利用城内的广场（plaza），所以后来斗牛场就叫做 plaza de toros。

一四九二年是西班牙人最感自豪的一年，因为就在这一年，联姻了廿三载的阿拉贡国王费迪南与加斯提尔女王伊莎贝拉，②终于将摩尔人逐出格拉纳达，结束了伊斯兰教漫长的统治，而且在女王的支持下，哥伦布抵达了西印度群岛。此事迄今恰满五百年，所以西班牙今年在巴塞隆纳举办奥运，更在塞维利亚展开博览会，特具历史意义。不过，伊斯兰教徒虽被赶走，马上斗牛的风俗却传了下来，成为西班牙贵族之间最流行的竞技。十六世纪初年，神圣罗马帝国的皇帝查理五世，更在王子的生日不惜亲自挥矛屠牛，以博取臣民的爱戴。

后来斗牛的方式迭经演变，先是杀牛的长矛改成短矛，到

---

① 西哥德人即西哥特人，路西塔诺即卢西塔诺斯。——编者注
② 费迪南又称为费尔南多二世，伊莎贝拉又称为伊莎贝尔一世。——编者注

了一七〇〇年，贵族竟然改成徒步斗牛，却叫侍从们骑马助阵。十八世纪初年，饲养野牛成了热门生意，不但西班牙、葡萄牙、法国、意大利的皇室，甚至西班牙的天主教会，也都竞相饲养特佳的品种，供斗牛之用。终于教廷不得不出面禁止，说犯者将予驱逐出教。贵族们这才怕了，只好让给专业的下属去斗。这些下属为了阶级的顾忌，乃弃矛用剑。

今制的西班牙斗牛，已有将近三百年的历史。现今的主斗牛士（matador，亦称espada）一手持剑（estoque），一手执旗（muleta），即始于十八世纪之初。所谓的旗，原是一面哗叽料子的红毛披风，对折地披在一根五十六公分的杖上。早在一七〇〇年，著名的斗牛士罗美洛（Francisco Romero）[①]在安达露西亚出场，便率先如此使用旗剑了。

3

有人不禁要问了："凭什么斗牛会盛行于西班牙呢？"原来这种骠悍的蛮牛是西班牙的特产，尤以塞维利亚的缪拉饲牛场

---

① 罗美洛：即弗朗西斯科·罗梅罗。——编者注

（Ganadería de Miura）所产最为勇猛，触死斗牛士的比率也最高。大名鼎鼎的曼诺雷代（Manolete），才三十岁便死于其角下。公认最伟大的斗牛士何赛利多（Joselito）也死在这样的沙场。[1]其实每一位斗牛士每一季至少会被牛抵伤一次，可见周旋牛角尖的生涯终难幸免。据统计，三百年来成名的一百廿五位主斗牛士之中，死于碧血黄沙的场中者，在四十人以上。

最幸运的要推贝尔蒙代（Juan Belmonte）[2]了，一生被抵五十多次，却能功成身退，改业饲牛。贝尔蒙代之功，当然不在屡抵不死，而在斗牛风格之提升。在他之前，一场斗牛的高潮全在最后那致命的一剑。而他，瘦小的安达露西亚人，却把焦点放在"逗牛"上，红旗招展之际，把牛头上那两柄阿剌伯[3]弯刀引近身来，成了穿肠之险，心腹之患，却在临危界上，全身而退。万千观众期望于斗牛士的，不仅是艺高、胆大，还要临危不乱的雍容优雅（skill, daring, and grace），这便有祭拜死神的典礼意味了。所以斗牛这件事，表面是人兽之斗，其实是人与自己搏斗，看还能让牛角逼身多近。

---

[1] 曼诺雷代即马诺莱特，何塞利多即何塞利托。——编者注
[2] 贝尔蒙代：即胡安·贝尔蒙特。——编者注
[3] 阿剌伯：即阿拉伯。——编者注

拉丁美洲盛行斗牛的国家，从北到南，是墨西哥、委内瑞拉、哥伦比亚、秘鲁。墨西哥城的斗牛场可坐五万观众。最盛的国家当然还是发源地西班牙，廿世纪中叶以来，斗牛场之多，达四百座，小者可坐一千五百人，大者，如马德里和巴塞隆纳的斗牛场，可坐两万人。

4

此刻我正坐在巴塞隆纳的"猛牛莽踏"斗牛场（Plaza de Toros Monumental）[①]，等待开斗。正是下午五点半钟，一半的圆形大沙场还曝在西晒下。我坐在阴座前面的第二排，中央偏左，几乎是正朝着沙场对面艳阳旺照着的阳座。一排排座位的同心圆弧，等高线一般层叠上去，叠成拱门掩映的楼座，直达圆顶，便接上卡塔罗尼亚的蓝空了。观众虽然只有四成光景，却可以感到期待的气氛。

忽然掌声响起，斗牛士们在骑士的前导下列队进场，绕行一

---

① "猛牛莽踏"斗牛场："猛牛莽踏"为 Monumental 一词的音译，此词意为纪念的、不朽的。——编者注

周。一时锦衣闪闪,金银交映着斜晖,行到台前,市长把牛栏的钥匙掷给马上的骑士。于是行列中不斗第一头牛的人一齐退出场去,只留下几位斗士执着红旗各就岗位。红栅门一开,第一头牛立刻冲了出来。

海报上说,今天这一场要杀的六头牛,都是葡萄牙养牛场出品的"勇猛壮牛"(bravos novillos)。果然来势汹汹,挺着两把刚烈的弯角,刷动长而遒劲的尾巴,结实而坚韧的背肌肩腱,掠过鲜血一般的木栅背景,若黑浪滚滚地起伏,转瞬已卷过了半圈沙场。这一团狞然墨黑的盛怒,重逾千磅,正用鼓槌一般的四蹄疾践着黄沙,生命力如此强旺,却注定了若无"意外",不出廿分钟就会仆倒在杀戮场上。

三个黑帽锦衣的助斗士扬起披风,轮番来挑逗怒牛。这虽然只是主斗士上场的前奏,但是身手了得的助斗士仍然可以一展绝技,也能博得满场彩声。不过助斗士这时只用一只手扬旗,为了主斗士可以从旁观察,那头牛是惯用左角或右角,还是爱双角并用来抵人。不久主斗士便亲自来逗牛了,所用的招数叫做verónica,可以译为"立旋"。只见他神闲气定,以逸待劳,立姿全然不变,等到奔牛近身,才把那面张开的大红披风向斜里缓缓引开,让仰挑的牛角扑一个空。几个回合(pass)之后,号角响起,召另一组助斗士进场。

两位轩昂的骑士,头戴低顶宽边的米黄色大帽,身穿锦衣,脚披护甲,手执长矛,缓缓地驰进场来。真刀真枪、血溅沙场的斗牛,这才正式开始。野牛屡遭逗戏,每次扑空,早已很不耐烦了,一见新敌入场,又是人高马大,目标鲜明,便怒奔直攻而来。牛背比马背至少矮上二尺,但凭了蛮力的冲刺,竟将助斗士的长矛手(picador),连人带马顶到红栅墙下,狠命地抵住不放。可怜那马,虽然戴了眼罩,仍十分惊骇。为了不让牛角破肚穿肠,它周身披着过膝的护障,那是厚达三吋①的压缩棉胎,外加皮革与帆布制成。正对峙间,马背上的助斗士奋挺长矛,向牛颈与肩胛骨的关节猛力搠下,但因矛头三四吋处装有阻力的铁片,矛身不能深入,只能造成有限的伤口。只见那矛手把长矛抵住牛背,左右扭旋,要把那伤口挖大一些,看得人十分不忍。

　　"好了,好了,别再戳了!"我后面的一些观众叫了起来。人高马大,不但保护周全,且有长矛可以远攻,长矛手一面占尽了便宜,一面又没有什么优雅好表演,显然不是受欢迎的人物。号角再起,两位长矛手便横着沾血的矛,策马出场。

　　紧接着三位徒步的助斗士各据方位,展开第二轮的攻击。这些投枪手(banderilleros)两手各执一支投枪(banderilla),其实

---

① 吋:英寸的旧称,1英寸约合2.54厘米。——编者注

是一支扁平狭长的木棍，缀着红黄相间的彩色纸，长七十二公分，顶端三公分装上有倒钩的箭头。投枪手锦衣紧扎，步法轻快，约在二十多码外猛挥手势加上吆喝，来招惹野牛。奔牛一面冲来，他一面迎上去，却稍稍偏斜。人与兽一合即分，投枪手一挫身，跳出牛角的触程，几乎是相擦而过。定神再看，两支投枪早已颤颤地斜插入牛背。

牛一冲不中，反被枪刺所激，回身便来追抵。投枪手在前面奔逃，到了围墙边，用手一搭，便跳进了墙内。气得牛在墙外，一再用角撞那木墙，砰然有声。如果三位投枪手都得了手，牛背上就会披上六支投枪，五色缤纷地摇着晃着。不过，太容易失手了，加以枪尖的倒钩也会透脱，所以往往牛背上只披了两三支枪，其他的就散落在沙场。

铜号再鸣，主斗士（matador）出场，便是最后一幕了，俗称"真相的时辰"。这是主斗士的独角戏，由他独力屠牛。前两幕长矛手与投枪手刺牛，不过是要软化孔武有力的牛颈肌腱，使它逐渐低头，好让主斗士施以致命的一剑。这时，几位助斗士虽也在场，但绝不插手，除非主斗士偶尔失手，红旗被抵落地，需要他们来把牛引开。

主斗士走到主礼者包厢的正下方，右手高举着黑绒编织的平顶圆帽，左手握着剑与披风，向主礼者隆重请求，准他将这头牛献给在场的某位名人或朋友，然后把帽抛给那位受献人。

接着他再度表演逗牛的招式，务求愤怒的牛角跟在他肘边甚至腰际追转，身陷险境而临危不乱，常保修挺倜傥的英姿。

这时，重磅而迅猛的黑兽已经缓下了攻势，勃怒的肩颈松弛了，庞沛的头颅渐垂渐低，腹下的一绺鬃毛也萎垂不堪。而尤其可惊的，是反衬在黄沙地面的黑压压雄躯，腹下的轮廓正剧烈地起伏，显然是在喘气。投枪猬集的颈背接榫处，正是长矛肆虐的伤口，血的小瀑布沿着两肩腻滞滞地挂了下来，像披着死亡庆典的绶带。不但沙地上，甚至在主斗士描金刺绣的紧身锦衣上，也都沾满了血。

其实红旗上溅洒的血迹更多，只是红上加红，不明显而已。许多人以为红色会激怒牛性，其实牛是色盲，激怒它的是剧烈的动作，例如举旗招展，而非旗之色彩。斗牛用红旗，因为沾上了血不惹目，不显腥，同时红旗本身又鲜丽壮观，与牛身之纯黑形成对比。红与黑，形成西班牙的情意结，悲壮得多么惨痛、热烈。

那剧喘的牛，负着六支投枪和背脊的痛楚，吐着舌头，流着鲜血，才是这一出悲剧，这一场死亡仪式的主角。只见它怔怔立在那里，除了双角和四蹄之外，通体纯黑，简直看不见什么表情，真是太玄秘了。它就站在十几码外，一度，我似乎看到了它的眼神，令我凛然一震。

斗牛士已经裸出了细长的剑，等在那里。最终的一刻即将来到，死亡悬而不决。这致命的一搠有两种方式，一是"捷足"（volapié），人与兽相对立定，然后互攻；二是"待战"（recibiendo），人立定不动，待兽来攻。后面的方式需要手准胆大，少见得多。同时，那把绝命剑除了杀牛，不得触犯到牛身，要是违规，就会罚处重款，甚至坐牢。

第一头牛的主斗士叫波瑞罗（Antonio Borrero）[1]，绰号小伙子（Chamaco），在今天三位主斗士里身材确是最小，不过五呎五六的样子。他是当地的斗牛士，据说是吉普赛人[2]。他穿着紧身的亮蓝锦衣，头发飞扬，尽管个子不高，却傲然挺胸而顾盼自雄。好几个回合逗牛结束，只见他从容不迫地走到红栅门前，向南而立。牛则向北而立，人兽都在阴影里，相距不过六七呎。他屏息凝神，专注在牛的肩颈穴上，双手握着那命定的窄剑，剑锋对准牛脊。那牛，仍然是文风不动，只有血静静在流。全场都憋住了气，一片瞑瞑。蓦地蓝影朝前一冲，不等黑躯迎上来，已经越过了牛角，扫过了牛肩，闪了开去。但他的手已空了。回顾那牛，颈背间却多了一截剑柄。噢，剑身已入了牛。立刻，它吐出血来。

---

[1] 波瑞罗：即安东尼奥·博雷罗。——编者注
[2] 吉普赛人：一般译作吉卜赛人。——编者注

我失声低呼，不知如何是好。不到二十秒钟，那一千磅的重加黑颓然仆地。

满场的喝彩声中，我的胃感到紧张而不适，胸口沉甸甸的，有一种共犯的罪恶感。

后来我才知道，那致命的一剑斜斜插进了要害，把大动脉一下子切断了。紧接着，蓝衣的斗牛士巡场接受喝彩，一位助斗士却用分骨短刀切开颈骨与脊椎。一个马夫赶了并辔的三匹马进场，把牛尸拖出场去。黑罩遮眼的马似乎直觉到什么不祥，直用前蹄不安地扒地。几个工人进场来推沙，将碍眼的血迹盖掉。不久，红栅开处，又一头神旺气壮的黑兽踹入场来。

5

这一场斗牛从下午五点半到七点半，一共屠了六头牛，平均每二十分钟杀掉一头。日影渐西，到了后半场，整个沙场都在阴影里了。每一头牛的性格都不一样，所以斗起来也各有特色。主斗士只有三位，依次轮番上场与烈牛决战，每人轮到两次。第一位出场的是本地的波瑞罗，正是刚才那位蓝衣快剑的主斗士。他后面的两位都是客串，依次是瓦烈多里德来的桑切斯（Manolo

Sanchez），瓦伦西亚来的帕切科（Jose Pacheco）。[①]两人都比波瑞罗高大，但论出剑之准，屠牛手法之利落，都不如他。所以斗牛士不可以貌相。

斗第二头牛时，马上的长矛手一出场，怒牛便汹汹奔来，连人带马一直推抵到红栅门边，角力似的僵持了好几分钟。忽然观众齐声惊叫起来，我定睛一看，早已人仰马翻，只见四只马蹄无助地戟指着天空，竟已不动弹了。

"一定是死了！"我对身边的泰国作家说，一面为无辜的马觉得悲伤，一面又为英勇的牛感到高兴。可是还不到三四分钟，长矛手竟已爬了起来，接着把马也拉了起来。这时，三四位助斗士早已各展披风，把牛引开了。

斗到第三头牛，主斗士帕切科在用剑之前，挥旗逗牛，玩弄坚利的牛角，那一对死神的触须，于肘边与腰际，却又屹立在滔滔起伏的黑浪之中，镇定若一根砥柱。中国的水牛，弯角是向后长的。西班牙这黑凛凛的野牛，头上这一对白角，长近二呎，恍若伊斯兰教武士的弯刀，转了半圈，刀尖却是向前指的。只要向前一冲一抵，配合着黑头一俯一昂，那一面大红披风就会猛然向上翻起，看得人心惊。帕切科露了这一手，引起

---

① 瓦烈多里德又译为巴利亚多利德，瓦伦西亚又译为巴伦西亚。——编者注

全场彩声，回过身去，锦衣闪金地挥手答谢。不料立定了喘气的败牛倏地背后撞来，把他向上一掀，腾空而起，狼狈落地。惊呼声中，助斗士一拥而上，围逗那怒牛。帕切科站起来时，紧身裤的臀上裂开了一呎的长缝。幸而是双角一齐托起，若是偏了，裂缝岂非就成了伤口？

那头牛特别蛮强，最后杀牛时，连挪两剑，一剑入肩太浅，另一剑斜了，脱出落地。那牛，负伤累累，既摆不脱背上的标枪，又撞不到狡猾的敌人，吼了起来。吼声并不响亮，但是从它最后几分钟的生命里，从那痛苦而愤怒的黑谷深处勃然逼出，沉洪而悲哀，却令我五内震动，心灵不安。然而它是必死的，无论它如何英勇奋斗，最后总不能幸免。它的宿命，是轮番被矛手、枪手、剑手所杀戮，外加被诡谲的红旗所戏弄。可是当初在饲牛场，如果它早被淘汰而无缘进入斗牛场，结果也会送进屠宰场去。

究竟，哪一种死法更好呢？无声无臭，在屠宰场中集体送命呢，还是单独被放出栏来，插枪如披彩，流血如挂带，追逐红旗的幻影，承当矛头和刃锋的咬噬，在只有入口没有出路的沙场上奔蹄以终？西班牙人当然说，后一种死法才死得其所啊：那是众所瞩目，死在大名鼎鼎的斗牛士剑下，那是光荣的决斗啊，而我，已是负伤之躯，疲奔之余，让他的了。在所谓 corrida de toros 的壮丽典礼中，真正的英雄，独来独往而无所恃仗，不是斗牛士，是我。

想到这里，场中又响起了掌声。原来死牛的双耳已经割下，盛在绒袋子里，由主礼者抛赠给主斗士。据说这也是典礼的一项：斗得出色，获赠一只牛耳；更好，赠耳一双；登峰造极，则再加一条牛尾。同时，典礼一开始就接受主斗士飞帽献牛的受献人，也把这顶光荣之帽掷回给主斗士，不过帽里包了赏金或礼品。

夕阳西下，在渐寒的晚凉之中，我和同来的两位泰国作家回到哥伦布旅馆，兴奋兼悲悯笼罩着我们。

"这种事，在泰国绝对不准！"妮妲雅说。

整个晚上我的胸口都感到重压，呼吸不畅。闭上眼睛，就眩转于红旗飘展，黑牛追奔，似乎要陷入红与黑相衔相逐的漩涡。更可惊的，是在这不安的罪咎感之中，怎么竟然会透出一点嗜血的滋味？只怕是应该乘早离开西班牙了。

一九九二年五月

第四章

万物可期,人间值得

地　　图

书桌右手的第三个抽屉里，整整齐齐叠着好几十张地图，有的还很新，有的已经破损，或者字迹模糊，或者在折缝处已经磨开了口。新的，他当然喜欢，可是最痛惜的，还是那些旧的，破的，用原子笔画满了记号的。只有它们才了解，他闯过哪些城，穿过哪些镇，在异国的大平原上咽过多少州多少郡的空寂。只有它们的折缝里犹保存他长途奔驰的心境。八千里路云和月，它们曾伴他，在月下，云下。不，他对自己说，何止八千里路呢。除了自己道奇的哩程计上标出来的二万八千英里之外，他还租过福特的Galaxie和雪佛兰的Impala；[①]加起来，折合公里怕不有五万公

[①] Galaxie意为银河，Impala直译为黑斑羚，作为品牌名时常音译为英帕拉。——编者注

里？五万里路的云和月，朔风和茫茫的白雾和雪，每一寸都曾与那些旧地图分担。

有一段日子，当他再度独身，那些地图就像他的太太一样，无论远行去何处，事先他都要和它们商量。譬如说，从芝加哥回盖提斯堡，究竟该走坦坦的税道，还是该省点钱，走二级三级的公路？究竟该在克利夫兰，或是在匹茨堡休息一夜？就凭着那些地图，那些奇异的名字和符咒似的号码，他闯过费城、华盛顿、巴铁摩尔；切过蒙特利奥、旧金山、洛杉矶、纽约。[①]

回国后，这种倜傥的江湖行，这种意气自豪的浪游热，德国佬所谓的wanderlust[②]者，一下子就冷下来了。一年多，他守住这个已经够小的岛上一方小小的盆地兜圈子，兜来兜去，至北，是大直，至南，是新店。往往，一连半个月，他活动的空间，不出一条怎么说也说不上美丽的和平东路，呼吸一百二十万人呼吸过的第八流的空气，和二百四十万只鞋底踢起的灰尘。有时，从厦门街到师大，在他的幻想里，似乎比芝加哥到卡拉马如[③]更遥更远。日近长安远，他常常这样挖苦自己。偶而他"文旌南下"，

---

① 盖提斯堡即葛底斯堡，匹茨堡即匹兹堡，巴铁摩尔即巴尔的摩，蒙特利奥即蒙特利尔。——编者注

② wanderlust：意为流浪癖、漫游癖。——编者注

③ 卡拉马如：即卡拉马祖。——编者注

逸出那座无欢的灰城，去中南部的大学作一次演讲。他的演讲往往是免费的，但是灰城外，那种金黄色的晴美气候，也是免费的。回程的火车上，他相信自己年轻得多了，至少他的肺叶要比去时干净。可是一进厦门街，他的自信立刻下降。在心里，他对那狭长的巷子和那日式古屋说："现实啊现实，我又回来了。"

这里必须说明，所谓"文旌南下"，原是南部一位作家在给他的信中用的字眼。中国老派文人的板眼可真不少，好像出门一步，就有云旗委蛇之势，每次想起，他就觉得好笑，就像梁实秋，每次听人阔论诗坛文坛这个坛那个坛的，总不免暗自莞尔一样。"文旌北返"之后，他立刻又恢复了灰城之囚的心境，把自己幽禁在六个榻榻米的冷书斋里，向六百字稿纸的平面，去塑造他的立体建筑。六席的天地是狭小的，但是六百字稿纸的天地却可以无穷大。面对后者，他欣然无视于前者了。面对后者，他的感觉不能说不像创世纪的神。一张空白的纸永远是一个挑战，对于一股创造的欲望。宇宙未剖之际，浑浑茫茫，一个声音说，应该有光，于是便有了光。做一个发光体，一个光源，本身便是一种报酬，一种无上的喜悦。每天，他的眼睛必成为许多许多眼睛的焦点。从那些清澈见底，那些年轻眼睛的反光，他悟出光源的意义和重要性。仍然，他记得，年轻时他也曾寂寞而且迷失，而且如何的嗜光。现在他发现自己竟已成为光源，这种发现，使他喜悦，也使他惶然战栗。而究竟是怎样从嗜光族人变成了光源之一的，那过程，他已经记忆朦胧了。

他所置身的时代，像别的许多时代一样，是混乱而矛盾的。这是一个旧时代的结尾，也是一个新时代的开端，充满了失望，也抽长着希望，充满了残暴，也有很多温柔，如此逼近，又如此看不清楚。一度，历史本身似乎都有中断的可能。他似乎立在一个大漩涡的中心，什么都绕着他转，什么也捉不住。所有的笔似乎都在争吵，毛笔和钢笔，钢笔和粉笔。毛笔说，钢笔是舶来品；钢笔说毛笔是土货，且已过时，又说粉笔太学院风，太贫血；但粉笔不承认钢笔的血液，因为血液岂有蓝色。于是笔战不断绝，文化界的巷战此起彼落。他也是火药的目标之一，不过在他这种时代，谁又能免于稠密的流弹呢？他自己的手里就握有毛笔、粉笔，和钢笔。他相信，只要那是一支挺直的笔，一定会在历史上留下一点笔迹的，也许那是一句，也许那是整节甚至整章。至于自己本来无笔而要攘人，据人，甚至焚人之笔之徒，大概是什么标点符号也留不下来的吧。

流弹如雹的雨季，他偶尔也会坐在那里，向摊开的异国地图，回忆另一个空间的逍遥游。那是一个纯然不同的世界，纯然不同，不但因为空间的阻隔，更因为时间的脱节。从这个世界到那个世界的意义，不但是八千英里，而且是半个世纪。那里，一切的节奏比这里迅疾，一切反应比这里灵敏，那里的空气中跳动着六十年代的脉搏，自由世界的神经末梢，听觉和视觉，触觉和嗅觉，似乎都向那里集中。那里的城市，向地下探得更深，向空中升得更高，向四方八面的触须伸得更长更长。那里的人口，有几分之一经常在高速的超级国道上，载驰载驱，从大西洋到太平洋，没有一盏红灯！新大陆，新世界，新的世纪！惠特曼的梦，林肯的预言。那里的眼睛总是向前面看，向上面，向外面看。当他们向月球看时，他们看见二十一世纪，阿拉斯加和夏威夷的延长，人类最新的边疆，最远最夐辽的前哨。而他那个民族已习惯于回顾：当他们仰望明月，他们看见的是蟾，是兔，是后羿的逃妻，在李白的杯中，眼中，诗中。所以说，那是一个纯然不同的世界。他属于东方，他知道月亮浸在一个爱情典故里该有多美丽。他也去过西方，能够想象从二百吋的巴洛马天文望远镜①中，从人造卫星上窥见的那颗死星，该怎样诱惑着未来的哥伦布和郑和。

　　他将自己的生命划为三个时期：旧大陆、新大陆，和一个岛屿。他觉得自己同样属于这三种空间，不，三种时间，正如在思想上，他同样同情钢笔、毛笔、粉笔。旧大陆是他的母亲。岛屿

---

① 巴洛马天文望远镜：即帕洛玛山天文望远镜。——编者注

是他的妻。新大陆是他的情人。和情人约会是缠绵而醉人的，但是那件事注定了不会长久。在新大陆的逍遥游中，他感到对妻子的责任，对母亲深远的怀念，渐行渐重也渐深。去新大陆的行囊里，他没有像肖邦那样带一把泥土，毕竟，那泥土属于那岛屿，不属于那片古老的大陆。他带去的是一幅旧大陆的地图，中学时代，抗战期间，他用来读本国地理的一张破地图。就是那张破地图，曾经伴他自重庆回到南京，自南京而上海而厦门而香港而终于到那个岛屿。一张破地图，一个破国家，自嘲地，他想。密歇根的雪夜，盖提斯堡的花季，他常常展视那张残缺的地图，像凝视亡母的旧照片。那些记忆深长的地名。长安啊。洛阳啊。赤壁啊。台儿庄啊。汉口和汉阳。楚和湘。往往，他的眸光逡巡在巴蜀，在嘉陵江上，在那里，他从一个童军变成一个高二的学生。

远从初中时代起，他就喜欢画地图了。一张印刷精致的地图，对于他，是一种智者的愉悦，一种令人清醒动人遐思的游戏。从一张眉目姣好的地图他获得的满足，不但是理性的，也是感情的，不但是知，也是美。蛛网一样的铁路，麦穗一样的山峦，雀斑一样的村落和市镇，雉堞隐隐的长城啊，叶脉历历的水系，神秘而荒凉而空廓廓的沙漠。而当他的目光循江河而下，徘徊于柔美而曲折的海岸线，复在罗列得缤缤纷纷或迤迤逦逦的群岛之间跳越为戏的时候，他更感到鸥族飞翔的快意。他爱海。哪一个少年不爱海呢？中学时代的他，围在千山之外仍是千山的四川，只能从地图上去嗅那蓝而又咸的活荒原的气息。秋日的半下午，他常常坐一方白净的冷石，俯临在一张有海的地图上面，作一种抽象的自由航行。这样鸥巡着水的世界，这样云游着鹰瞰着一巴掌大小的大地，他产生一种君临，不，神临一切的幻觉。这样的缩地术，他觉得，应该是一切敏感的心灵都嗜好的一种高级娱乐。

他临了一张又一张的地图。他画了那么多张，终于他发现，在这一方面，他所知道的和熟记的，竟已超过了地理老师。有些笨手笨脚的女同学，每每央他代绘中国全图，作为课业。他从不拒绝，像一个名作家不拒绝为读者签名一样。只是每绘一张，他必然留下一个错误，例如青海的一个湖泊给他的神力朝北推移了一百公里，或是辽宁的海岸线在大连附近凭空添上一个港湾等等。无知的女同学不会发现，自是意料中事。而有知的郭老师竟然也被瞒过了，怎不令他感到九级魔鬼诡计得售后的自满？

他喜欢画中国地图，更喜欢画外国地图。国界最纷繁海岸最弯曲的欧洲，他百览不厌。多湖的芬兰，多岛的希腊，多雪多峰的瑞士，多花多牛多运河的荷兰，这些他全喜欢，但使他最沉迷的，是意大利，因为它优雅的海岸线和音乐一样的地名，因为威尼斯和罗马,凯撒和朱丽叶,那颇利,墨西拿,萨地尼亚。[①]一有空他就端详那些地图。他的心境,是企慕,是向往,是对于一种不可名状的新经验的追求。那种向往之情是纯粹的,为向往而向往。面对用绘图仪器制成的抽象美,他想不明白,秦王何以用那样的眼光看督亢,亚历山大何以要虎视印度,独脚的海盗何以要那样打量金银岛的羊皮纸地图。

在山岳如狱的四川,他的眼神如蝶,翩翩于滨海的江南。有一天能回去就好了,他想。后来蕈状云从广岛升起,太阳旗在中国的大陆降下,他发现自己怎么已经在船上,船在白帝城下在三峡,三峡在李白的韵里。他发现自己回到了江南。他并未因此更加快乐,相反地,他开始怀念四川起来。现在,他只能向老汉骑牛的地图去追忆那个山国,和山国里,那些曾经用川语摆龙门阵甚至吵架的故人了。太阳旗倒下,镰刀旗又升起。他发现自己到了这个岛上。初来的时候,他断断没有想到,自己竟会在这多地震的岛上连续抵挡十几季的台风和霉雨。现在,看地图的时候,他的目光总是在江南逡巡。燕子矶。雨花台。武进。漕桥。宜兴。几个单纯的地名便唤醒一整个繁复的世界。他更未料到,有一天,

---

[①] 凯撒即恺撒,那颇利又译为那波利或那不勒斯,萨地尼亚即撒丁岛。——编者注

他也会怀念这个岛屿,在另一个大陆。

"你不能真正了解中国的意义,直到有一天你已经不在中国。"从新大陆寄回来的家信中,他这样写过。在中国,你仅是七万万分之一的中国,天灾,你可以怨中国的天,人祸,你可以骂中国的人。军阀,汉奸,政客,贪官污吏,土豪劣绅,你可以一个挨一个地骂下去,直骂到你的老师,父亲,母亲。当你不在中国,你便成为全部的中国,鸦片战争以来,所有的国耻全部贴在你脸上。于是你不能再推诿,不能不站出来,站出来,而且说:"中国啊中国,你全身的痛楚就是我的痛楚,你满脸的耻辱就是我的耻辱!"第一次去新大陆,他怀念的是这个岛屿,那时他还年轻。再去时,他的怀念渐渐从岛屿转移到大陆,那古老的大陆。所有母亲的母亲,所有父亲的父亲,所有祖先啊所有祖先的大摇篮,那古老的大陆,中国所有的善和中国所有的恶,所有的美丽和所有的丑陋,全在那片土地上和土地下面,上面,是中国的稻和麦,下面,是黄花岗的白骨是岳武穆的白骨是秦桧的白骨或者竟然是黑骨。无论你愿不愿意,将来你也将加入这些。

走进地图,便不再是地图,而是山岳与河流,原野与城市。走出那河山,便仅仅留下了一张地图。当你不在那片土地,当你不再步履于其上,俯仰于其间,你只能面对一张象征性的地图,正如不能面对一张亲爱的脸时,就只能面对一帧照片了。得不到的，果真是更可爱吗？然则灵魂究竟是躯体的主人呢，还是躯体的远客？然则临图神游是一种超越，或是一种变相的逃避，灵魂的一种土遁之术？也许那真是一个不可宽宥的弱点吧？既然已经娶这个岛屿为妻，就应该努力把蜜月延长。

于是他将新大陆和旧大陆的地图重新放回右手的抽屉。太阳一落，岛上的冬暮还是会很冷很冷的。他搓搓双手，将自己的一切，躯体和灵魂和一切的回忆与希望，完全投入刚才搁下的稿中。于是那六百字的稿纸延伸开来，吞没了一切，吞没了大陆与岛屿，而与历史等长，茫茫的空间等阔。

一九六七年十二月二十一日

听听那冷雨

惊蛰一过，春寒加剧。先是料料峭峭，继而雨季开始，时而淋淋漓漓，时而淅淅沥沥，天潮潮地湿湿，即连在梦里，也似乎把伞撑着。而就凭一把伞，躲过一阵潇潇的冷雨，也躲不过整个雨季。连思想也都是潮润润的。每天回家，曲折穿过金门街到厦门街迷宫式的长巷短巷，雨里风里，走入霏霏令人更想入非非。想这样子的台北凄凄切切完全是黑白片的味道，想整个中国整部中国的历史无非是一张黑白片子，片头到片尾，一直是这样下着雨的。这种感觉，不知道是不是从安东尼奥尼那里来的。不过那一块土地是久违了，二十五年，四分之一的世纪，即使有雨，也隔着千山万山，千伞万伞。二十五年，一切都断了，只有气候，只有气象报告还牵连在一起。大寒流从那块土地上弥天卷来，这种酷冷吾与古大陆分担。不能扑进她怀里,被她的裙边扫一扫吧也算是安慰孺慕之情。

这样想时,严寒里竟有一点温暖的感觉了。这样想时,他希望这些狭长的巷子永远延伸下去,他的思路也可以延伸下去,不是金门街到厦门街,而是金门到厦门。他是厦门人,至少是广义的厦门人,二十年来,不住在厦门,住在厦门街,算是嘲弄吧,也算是安慰。不过说到广义,他同样也是广义的江南人,常州人,南京人,川娃儿,五陵少年。杏花春雨江南,那是他的少年时代了。再过半个月就是清明。安东尼奥尼的镜头摇过去,摇过去又摇过来。残山剩水犹如是。皇天后土犹如是。纭纭黔首纷纷黎民从北到南犹如是。那里面是中国吗?那里面当然还是中国永远是中国。只是杏花春雨已不再,牧童遥指已不再,剑门细雨渭城轻尘也都已不再。然则他日思夜梦的那片土地,究竟在哪里呢?

在报纸的头条标题里吗?还是香港的谣言里?还是傅聪的黑键白键马思聪的跳弓拨弦?还是安东尼奥尼的镜底勒马洲[①]的望中?还是呢,故宫博物院的壁头和玻璃橱内,京戏的锣鼓声中太白和东坡的韵里?

---

① 勒马洲:又称落马洲,位于香港元朗区,被视为香港与内地的边界地区。——编者注

杏花。春雨。江南。六个方块字，或许那片土就在那里面。而无论赤县也好神州也好中国也好，变来变去，只要仓颉的灵感不灭美丽的中文不老，那形象，那磁石一般的向心力当必然长在。因为一个方块字是一个天地。太初有字，于是汉族的心灵他祖先的回忆和希望便有了寄托。譬如凭空写一个"雨"字，点点滴滴，滂滂沱沱，淅淅沥沥淅淅沥沥，一切云情雨意，就宛然其中了。视觉上的这种美感，岂是什么rain也好pluie也好所能满足？① 翻开一部《辞源》或《辞海》，金木水火土，各成世界，而一入"雨"部，古神州的天颜千变万化，便悉在望中，美丽的霜雪云霞，骇人的雷电霹雹，展露的无非是神的好脾气与坏脾气，气象台百读不厌门外汉百思不解的百科全书。

听听，那冷雨。看看，那冷雨。嗅嗅闻闻，那冷雨，舐舐吧那冷雨。雨在他的伞上这城市百万人的伞上雨衣上屋上天线上雨下在基隆港在防波堤在海峡的船上，清明这季雨。雨是女性，应该最富于感性。雨气空濛而迷幻，细细嗅嗅，清清爽爽新新，有一点点薄荷的香味，浓的时候，竟发出草和树沐发后特有的淡淡土腥气，也许那竟是蚯蚓和蜗牛的腥气吧，毕竟是惊蛰了啊。也许地上的地下的生命也许古中国层层叠叠的记忆皆蠢蠢而蠕，也

---

① rain是英语的"雨"，pluie是法语的"雨"。——编者注

许是植物的潜意识和梦吧，那腥气。

第三次去美国，在高高的丹佛他山居了两年。美国的西部，多山多沙漠，千里干旱，天，蓝似安格罗·萨克逊人的眼睛，地，红如印地安人的肌肤，云，却是罕见的白鸟。[①]落矶山簇簇耀目的雪峰上，很少飘云牵雾。一来高，二来干，三来森林线以上，杉柏也止步，中国诗词里"荡胸生层云"，或是"商略黄昏雨"的意趣，是落矶山上难睹的景象。落矶山岭之胜，在石，在雪。那些奇岩怪石，相叠互倚，砌一场惊心动魄的雕塑展览，给太阳和千里的风看。那雪，白得虚虚幻幻，冷得清清醒醒，那股皑皑不绝一仰难尽的气势，压得人呼吸困难，心寒眸酸。不过要领略"白云回望合，青霭入看无"的境界，仍须回来中国。台湾湿度很高，最饶云气氤氲雨意迷离的情调。两度夜宿溪头，树香沁鼻，宵寒袭肘，枕着润碧湿翠苍苍交叠的山影和万籁都歇的岑寂，仙人一样睡去。山中一夜饱雨，次晨醒来，在旭日未升的原始幽静中，冲着隔夜的寒气，踏着满地的断柯折枝和仍在流泻的细股雨水，一径探入森林的秘密，曲曲弯弯，步上山去。溪头的山，树密雾浓，蓊郁的水气从谷底冉冉升起，时稠时稀，蒸腾多姿，幻化无定，只能从雾破云开的空处，窥见乍现即隐的一峰半

---

① 安格罗·萨克逊即盎格鲁-撒克逊，印地安即印第安。——编者注

壑，要纵览全貌，几乎是不可能的。至少入山两次，只能在白茫茫里和溪头诸峰玩捉迷藏的游戏，回到台北，世人问起，除了笑而不答心自闲，故作神秘之外，实际的印象，也无非山在虚无之间罢了。云缭烟绕，山隐水迢的中国风景，由来予人宋画的韵味。那天下也许是赵家的天下，那山水却是米家的山水。而究竟，是米氏父子下笔像中国的山水，还是中国的山水上纸像宋画。恐怕是谁也说不清楚了吧？

雨不但可嗅，可观，更可以听。听听那冷雨。听雨，只要不是石破天惊的台风暴雨，在听觉上总是一种美感。大陆上的秋天，无论是疏雨滴梧桐，或是骤雨打荷叶，听去总有一点凄凉，凄清，凄楚，于今在岛上回味，则在凄楚之外，更笼上一层凄迷了。饶你多少豪情侠气，怕也经不起三番五次的风吹雨打。一打少年听雨，红烛昏沉。两打中年听雨，客舟中，江阔云低。三打白头听雨在僧庐下，这便是亡宋之痛，一颗敏感心灵的一生：楼上，江上，庙里，用冷冷的雨珠子串成。十年前，他曾在一场摧心折骨的鬼雨中迷失了自己。雨，该是一滴湿漓漓的灵魂，窗外在喊谁。

雨打在树上和瓦上，韵律都清脆可听。尤其是铿铿敲在屋瓦上，那古老的音乐，属于中国。王禹偁在黄冈，破如椽的大竹为屋瓦。据说住在竹楼上面，急雨声如瀑布，密雪声比碎玉，而无论鼓琴，咏诗，下棋，投壶，共鸣的效果都特别好。这样岂不像住在竹筒里面，任何细脆的声响，怕都会加倍夸大，反而令人耳朵过敏吧。

雨天的屋瓦，浮漾湿湿的流光，灰而温柔，迎光则微明，背光则幽黯，对于视觉，是一种低沉的安慰。至于雨敲在鳞鳞千瓣的瓦上，由远而近，轻轻重重轻轻，夹着一股股的细流沿瓦漕与屋檐潺潺泻下，各种敲击音与滑音密织成网，谁的千指百指在按摩耳轮。"下雨了"，温柔的灰美人来了，她冰冰的纤手在屋顶拂弄着无数的黑键啊灰键，把响午一下子奏成了黄昏。

在古老的大陆上，千屋万户是如此。二十多年前，初来这岛上，日式的瓦屋亦是如此。先是天黯了下来，城市像罩在一块巨幅的毛玻璃里，阴影在户内延长复加深。然后凉凉的水意弥漫在空间，风自每一个角落里旋起，感觉得到，每一个屋顶上呼吸沉重都覆着灰云。雨来了，最轻的敲打乐敲打这城市，苍茫的屋顶，远远近近，一张张敲过去，古老的琴，那细细密密的节奏，单调里自有一种柔婉与亲切，滴滴点点滴滴，似幻似真，若孩时在摇篮里，一曲耳熟的童谣摇摇欲睡，母亲吟哦鼻音与喉音。或是在江南的泽国水乡，一大筐绿油油的桑叶被啃于千百头蚕，细细琐琐屑屑，口器与口器咀咀嚼嚼。雨来了，雨来的时候瓦这么说，一片瓦说千亿片瓦说，说轻轻地奏吧沉沉地弹，徐徐地叩吧挞挞地打，间间歇歇敲一个雨季，即兴演奏从惊蛰到清明，在零落的坟上冷冷奏挽歌，一片瓦吟千亿片瓦吟。

在日式的古屋里听雨，听四月，霏霏不绝的黄梅雨，朝夕不断，旬月绵延，湿黏黏的苔藓从石阶下一直侵到他舌底，心底。到七月，听台风台雨在古屋顶上一夜盲奏，千呎[①]海底的热浪沸沸被狂风挟来，掀翻整个太平洋只为向他的矮屋檐重重压下，整个海在他的蜗壳上哗哗泻过。不然便是雷雨夜，白烟一般的纱帐里听羯鼓一通又一通，滔天的暴雨滂滂沛沛扑来，强劲的电琵琶忐忐忑忑忐忐忑忑，弹动屋瓦的惊悸腾腾欲掀起。不然便是斜斜的西北雨斜斜，刷在窗玻璃上，鞭在墙上打在阔大的芭蕉叶上，一阵寒濑泻过，秋意便弥漫日式的庭院了。

在日式的古屋里听雨，春雨绵绵听到秋雨潇潇，从少年听到中年，听听那冷雨。雨是一种单调而耐听的音乐是室内乐是室外乐，户内听听，户外听听，冷冷，那音乐。雨是一种回忆的音乐，听听那冷雨，回忆江南的雨下得满地是江湖下在桥上和船上，也下在四川在秧田和蛙塘下肥了嘉陵江下湿布谷咕咕的啼声。雨是潮潮润润的音乐下在渴望的唇上舐舐那冷雨。

---

① 呎：英寻的旧称，英制长度单位，用于测量水深，1英寻约合1.83米。——编者注

因为雨是最最原始的敲打乐从记忆的彼端敲起。瓦是最最低沉的乐器灰濛濛的温柔覆盖着听雨的人，瓦是音乐的雨伞撑起。但不久公寓的时代来临，台北你怎么一下子长高了，瓦的音乐竟成了绝响。千片万片的瓦翩翩，美丽的灰蝴蝶纷纷飞走，飞入历史的记忆。现在雨下下来下在水泥的屋顶和墙上，没有音韵的雨季。树也砍光了，那月桂，那枫树，柳树和擎天的巨椰，雨来的时候不再有丛叶嘈嘈切切，闪动湿湿的绿光迎接。鸟声减了啾啾，蛙声沉了阁阁，秋天的虫吟也减了唧唧。七十年代的台北不需要这些，一个乐队接一个乐队便遣散尽了。要听鸡叫，只有去《诗经》的韵里寻找。现在只剩下一张黑白片，黑白的默片。

正如马车的时代去后，三轮车的时代也去了。曾经在雨夜，三轮车的油布篷挂起，送她回家的途中，篷里的世界小得多可爱，而且躲在警察的辖区以外。雨衣的口袋越大越好，盛得下他的一只手里握一只纤纤的手。台湾的雨季这么长，该有人发明一种宽宽的双人雨衣，一人分穿一只袖子，此外的部分就不必分得太苛。而无论工业如何发达，一时似乎还废不了雨伞。只要雨不倾盆，风不横吹，撑一把伞在雨中仍不失古典的韵味。任雨点敲在黑布伞或是透明的塑胶伞上，将骨柄一旋，雨珠向四方喷溅，伞缘便旋成了一圈飞檐。跟女友共一把雨伞，该是一种美丽的合作吧。最好是初恋，有点兴奋，更有点不好意思，若即若离之间，雨不妨下大一点。真正初恋，恐怕是兴奋得不需要伞的，手牵手在雨中狂奔而去，把年轻的长发和肌肤交给漫天的淋淋漓漓，然后向对方的唇上颊上尝凉凉甜甜的雨水。不过那要非常年轻且激情，同时，也只能发生在法国的新潮片里吧。

　　大多数的雨伞想不会为约会张开。上班下班，上学放学，菜市来回的途中，现实的伞，灰色的星期三。握着雨伞，他听那冷雨打在伞上。索性更冷一些就好了，他想。索性把湿湿的灰雨冻成干干爽爽的白雨，六角形的结晶体在无风的空中回回旋旋地降下来，等须眉和肩头白尽时，伸手一拂就落了。二十五年，没有受故乡白雨的祝福，或许发上下一点白霜是一种变相的自我补偿吧。一位英雄，经得起多少次雨季？他的额头是水成岩削成还是火成岩？他的心底究竟有多厚的苔藓？厦门街的雨巷走了二十年与记忆等长，一座无瓦的公寓在巷底等他，一盏灯在楼上的雨窗子里，等他回去，向晚餐后的沉思冥想去整理青苔深深的记忆。前尘隔海。古屋不再。听听那冷雨。

一九七四年春分之夜

尺素寸心

接读朋友的来信，尤其是远自海外犹带着异国风云的航空信，确是人生一大快事，如果无须回信的话。回信，是读信之乐的一大代价。久不回信，屡不回信，接信之乐必然就相对减少，以至于无，这时，友情便暂告中断了，直到有一天在赎罪的心情下，你毅然回起信来。蹉跎了这么久，接信之乐早变成欠信之苦，我便是这么一位累犯的罪人，交游千百，几乎每一位朋友都数得出我的前科来的。英国诗人奥登曾说，他常常搁下重要的信件不回，躲在家里看他的侦探小说。王尔德有一次对韩黎说："我认得不少人，满怀光明的远景来到伦敦，但是几个月后就整个崩溃了，因为他们有回信的习惯。"显然王尔德认为，要过好日子，就得戒除回信的恶习。可见怕回信的人，原不止我一个。

回信，固然可畏，不回信，也绝非什么乐事。书架上经常叠着百多封未回之信，"债龄"或长或短，长的甚至在一年以上，那样的压力，也绝非一个普通的罪徒所能负担的。一叠未回的信，就像一群不散的阴魂，在我罪深孽重的心底幢幢作祟。理论上说来，这些信当然是要回的。我可以坦然向天发誓，在我清醒的时刻，我绝未存心不回人信。问题出在技术上。给我一整个夏夜的空闲，我该先回一年半前的那封信呢，还是七个月前的这封？隔了这么久，恐怕连谢罪自谴的有效期也早过了吧？在朋友的心目中，你早已沦为不值得计较的妄人。"莫名其妙！"是你在江湖上一致的评语。

其实，即使终于鼓起全部的道德勇气，坐在桌前，准备偿付信债于万一，也不是轻易能如愿的。七零八落的新简旧信，漫无规则地充塞在书架上，抽屉里，有的回过，有的未回，"只在此山中，云深不知处"，要找到你决心要回的那一封，耗费的时间和精力，往往数倍于回信本身。再想象朋友接信时的表情，不是喜出望外，而是余怒重炽，你那一点决心就整个崩溃了。你的债，永无清偿之日。不回信，绝不等于忘了朋友，正如世上绝无忘了债主的负债人。在你惶恐的深处，恶魔的尽头，隐隐约约，永远潜伏着这位朋友的怒眉和冷眼，不，你永远忘不了他。你真正忘掉的，而且忘得那么心安理得，是那些已经得你回信的朋友。

有一次我对诗人周梦蝶大发议论，说什么"朋友寄新著，必须立刻奉覆,道谢与庆贺之余,可以一句'定当细细拜读'作结。如果拖上了一个星期或个把月,这封贺信就难写了,因为到那时候,你已经有义务把全书读完,书既读完,就不能只说些泛泛的美词"。梦蝶听了,为之绝倒。可惜这个理论,我从未付之行动,一定丧失了不少友情。倒是有一次自己的新书出版,兴冲冲地寄赠了一些朋友。其中一位过了两个月才来信致谢,并说他的太太、女儿,和太太的几位同事争读那本大作,直到现在还不曾轮到他自己,足见该书的魅力如何云云。这一番话是真是假,令我存疑至今。如果他是说谎,那真是一大天才。

据说胡适生前,不但有求必应,连中学生求教的信也亲自答复,还要记他有名的日记,从不间断。写信,是对人周到,记日记,是对自己周到。一代大师,在著书立说之余,待人待己,竟能那么的周密从容,实在令人钦佩。至于我自己,笔札一道已经招架无力,日记,就更是奢侈品了。相信前辈作家和学人之间,书翰往还,那种优游条畅的风范,应是我这一辈难以追摹的。梁实秋先生名满天下,尺牍相接,因缘自广,但是廿多年来,写信给他,没有一次不是很快就接到回信,而笔下总是那么诙谐,书法又是那么清雅,比起当面的谈笑风生,又别有一番境界。我素来怕写信,和梁先生通信也不算频。何况《雅舍小品》的作者声明过,有十一种信件不在他收藏之列,我的信,大概属于他所列的第八种吧。据我所知,和他通信最密的,该推陈之藩。陈之藩年轻时,和胡适、沈从文等现代作家书信往还，名家手迹收藏甚富，梁先生戏称他为 man of letters[①]，到了今天，该轮到他自己的书信被人收藏了吧。

  朋友之间，以信取人，大约可以分成四派。第一派写信如拍电报，寥寥数行，草草三二十字，很有一种笔挟风雷之势。只是苦了收信人，惊疑端详所费的工夫，比起写信人纸上驰骋的时间，恐怕还要多出数倍。彭歌、刘绍铭、白先勇，可称代表。第二派写信如美女绣花，笔触纤细，字迹秀雅，极尽从容不迫之能事，至于内容，则除实用的功能之外，更兼抒情，娓娓说来，动人清听。宋淇、夏志清可称典型。尤其是夏志清，怎么大学者专描小小楷，而且永远用廉便的国际邮简？第三派则介于两者之间，行乎中庸之道，不温不火，舒疾有致，而且字大墨饱，面目十分爽朗。颜元叔、王文兴、何怀硕、杨牧、罗门，都是"样版人物"。尤其是何怀硕，总是议论纵横，而杨牧则字稀行阔，偏又爱用重磅的信纸，那种不计邮费的气魄，真足以笑傲江湖。第四派毛笔作书，满纸烟云，体在行草之间，可谓反潮流之名士，罗青属之。当然，气魄最大的应推刘国松、高信疆，他们根本不写信，只打越洋电话。

一九七六年五月

[①] man of letters：意为文人、作家，此处还有"书信收藏者"的意思。——编者注

娓娓与喋喋

不知道我们这一生究竟要讲多少句话，如果有一种电脑可以统计，像日行万步的人所带的计步器那样，我相信其结果必定是天文数字，其长，可以绕地球几周，其密，可以下大雨几场。情形当然因人而异。有人说话如参禅，能少说就少说，最好是不说，尽在不言之中。有人说话如嘶蝉，并不一定要说什么，只是无意识的口腔运动而已。说话，有时只是掀唇摇舌，有时是为了表情达意，有时，却也是一种艺术。许多人说话只是避免冷场，并不要表达什么思想，因为他们的思想本就不多。至于说话而成艺术，一语而妙天下，那是可遇不可求：要记入《世说新语》或《约翰生传》才行。哲人桑塔耶纳[①]就说："雄辩

[①] 桑塔耶纳：即桑塔亚纳。——编者注

滔滔是民主的艺术；清谈娓娓的艺术却属于贵族。"他所指的贵族不是阶级，而是趣味。

最常见的该是两个人的对话。其间的差别当然是大极了。对象若是法官、医师、警察、主考之类，对话不但紧张，有时恐怕还颇危险，乐趣当然是谈不上的。朋友之间无所用心的闲谈，如果两人的识见相当，而又彼此欣赏，那是最快意的事了。如果双方的识见悬殊，那就好像下棋让子，玩得总是不畅。要紧的是双方的境界能够交接，倒不一定两人都有口才，因为口才宜于应敌，却不宜用来待友。甚至也不必都能健谈：往往一个健谈，一个善听，反而是最理想的配合。可贵的在于共鸣，不，在于默契。真正的知己，就算是脉脉相对，无声也胜似有声：这情景当然也可以包括夫妻和情人。

这世界如果尽是健谈的人，就太可怕了。每一个健谈的人都需要一个善听的朋友，没有灵耳，巧舌拿来做什么呢？英国散文家海斯立德①说："交谈之道不但在会说，也在会听。"在公平的原则下，一个人要说得尽兴，必须有另一个人听得入神。如果说话是权利，听话就是义务，而义务应该轮流负担。同时，仔细听人说话，轮到自己说时，才能充分切题。我有一些朋友，

---

① 海斯立德：即威廉·哈兹里特。——编者注

迄未养成善听人言的美德，所以跟人交谈，往往像在自言自语。凡是音乐家，一定先能听音辨声，先能收，才能发。仔细听人说话，是表示尊敬与关心。善言，能赢得听众。善听，才赢得朋友。

如果是几个人聚谈，又不同了。有时座中一人侃侃健谈，众人睽睽恭听，那人不是上司、前辈，便是德高望重，自然拥有发言权，甚至插口之权，其他的人就只有斟酒点烟、随声附和的分了。有时见解出众、口舌便捷的人，也能独揽话题，语惊四座。有时座上有二人焉，往往是主人与主客，一来一往，你问我答，你攻我守，左右了全席谈话的大势，也能引人入胜。

最自然也是最有趣的情况，乃是滚雪球式。谈话的主题随缘而转，愈滚愈大，众人兴之所至，七嘴八舌，或轮流做庄，或旁白助阵，或争先发言，或反复辩难，或怪问乍起而举座愕然，或妙答迅接而哄堂大笑，一切都是天机巧合，甚至重加排练也不能再现原来的生趣。这种滚雪球式，人人都说得尽兴，也都听得入神，没有冷场，也没有冷落了谁，却有一个条件，就是座上尽是老友，也有一个缺点，就是良宵苦短，壁钟无情，谈兴正浓而星斗已稀。日后我们怀念故人，那一景正是最难忘的高潮。

众客之间若是不顶熟稔，雪球就滚不起来。缺乏重心的场面，大家只好就地取材，与邻座不咸不淡地攀谈起来，有时兴起，也会像旧小说那样"捉对儿厮杀"。这时，得凭你的运气了。万一你遇人不淑，邻座远交不便，近攻得手，就守住你一个人恳谈、密谈。更有趣的话题，更壮阔的议论，正在三尺外热烈展开，也许就是今晚最生动的一刻；明知你真是冤枉，错过了许多赏心乐事，却不能不收回耳朵，面对你的不芳之邻，在表情上维持起码的礼貌。其实呢，你恨不得他忽然被鱼刺哽住。这种性好密谈的客人，往往还有一种恶习，就是名副其实地交头接耳，似乎他要郑重交代的，句句都是肺腑之言，恨不得回其天鹅之颈，伸其长蛇之舌，来舔你的鼻子，哎呀，真的是tête-à-tête还不够，必得nose-to-nose才满足。①你吓得闭气都来不及了，哪里还听得进什么肺腑之言？此人的肺腑深深深几许，尚不得而知，他的口腔是怎么一回事，早已有各种菜味，酸甜苦辣地向你来告密了。至于口水，更是不问可知，早已泽被四方矣，谁教你进入它的射程呢？

聚谈杂议，幸好不是每次都这么危险。可是现代人的生活节奏毕竟愈来愈快，无所为的闲谈、雅谈、清谈、忘机之谈几乎是不可能了。"偶然值林叟，谈笑无还期。"在一切讲究效率的工业

---

① tête-à-tête 意为一对一地、面对面地，nose-to-nose 意为近距离地。此处作者用"鼻子对鼻子"，夸张地形容距离之近。——编者注

社会，这种闲逸之情简直是一大浪费。刘禹锡但求无丝竹之扰耳，其实丝竹比起现代的流行音乐来，总要清雅得多。现代人坐上计程车、火车、长途汽车，都难逃噪音之害，到朋友家去谈天吧，往往又有孩子在看电视。饭店和咖啡馆而能免于音乐的，也很少见了。现代生活的一大可恼，便是经常横被打断，要跟二三知己促膝畅谈，实在太难。

剩下的一种谈话，便是跟自己了。我不是指出声的自言自语，而是指自我的沉思默想。发现自己内心的真相，需要性格的力量。唯勇者始敢单独面对自己；唯智者才能与自己为伴。一般人的心灵承受不了多少静默，总需要有一点声音来解救。所以卡莱尔说："语言属于时间，静默属于永恒。"可惜这妙念也要言筌。

一九八六年一月九日至十日《台湾新闻报》西子湾副刊

粉丝与知音

1

大陆与台湾、香港的交流日频，中文的新词也就日益增多。台湾的"作秀"、香港的"埋单"、大陆的"打的"，早已各地流行。这种新生的俚语，在台湾的报刊最近十分活跃，甚至会上大号标题。其中有些相当伧俗，例如"凸槌""吐槽""劈腿""嘿咻"等等，忽然到处可见，而尤其不堪的，当推"轰趴"，其实是从英文home party[①]译音过来，恶形恶状，实在令人不快。当然也有比较可喜的，例如"粉丝"。

"粉丝"来自英文的fan，许多英汉双解辞典，包括牛津与朗文两家，迄今仍都译成"迷"；实际搭配使用的例子则有"戏迷""球迷"

---

① home party：意为家庭聚会。——编者注

"张迷""金迷"等等。"粉丝"跟"迷"还是不同:"粉丝"只能对人,不能对物,你不能说"他是桥牌的粉丝"或"他是狗的粉丝"。

Fan之为字,源出fanatic,乃其缩写,但经瘦身之后,脱胎换骨,变得轻灵多了。fanatic本来也有恋物羡人之意,但其另一含义却是极端分子、狂热信徒、死忠党人。《牛津当代英语高阶辞典》(*Oxford Advanced Learner's Dictionary of Current English*)第七版为此一含义的fanatic所下的定义是: a person of extreme or dangerous opinions[①],想想有多可怕!

但是蜕去毒尾的fan字,只令人感到亲切可爱。更可爱的是,当初把它译成"粉丝"的人,福至心灵,神来之笔竟把复数一并带了过来,好用多了。单用"粉"字,不但突兀,而且表现不出那种从者如云纷至沓来的声势。"粉丝"当然是多数,只有三五人甚至三五十人,怎能叫作fans?对偶像当然是说"我是你的粉丝",怎么能说"我是你的粉"呢?粉,极言其细而轻,积少成多,飘忽无定。丝,极言其虽细却长,纠缠而善攀附,所以治丝益棼,欲理还乱。

这种狂热的崇拜者,以前泛称为"迷",大陆叫作"追星族",嬉皮时代把追随著名歌手或乐队的少女叫作"跟班癖"(groupie),西方社会叫作"猎狮者"(lion hunter)。这些名称都

---

① 此句意为持有极端或危险观点的人。——编者注

不如"粉丝"轻灵有趣。至于"忠实的读者"或"忠实的听众",也嫌太文,太重,太正式。

粉丝之为族群,有缝必钻,无孔不入,四方漂浮,一时啸聚,闻风而至,风过而沉。这现象古已有之,于今尤烈。宋玉《对楚王问》曰:"客有歌于郢中者,其始曰《下里》《巴人》,国中属而和者数千人……其为《阳春》《白雪》,国中属而和者数十人。"究竟要吸引多少人,才能称粉丝呢?学者与作家,能号召几百甚至上千听众,就算拥有粉丝了。若是艺人,至少得吸引成千上万才行。现代的媒体传播,既快又广,现场的科技设备也不愁地大人多,演艺高手从帕瓦罗蒂到猫王,轻易就能将一座体育场填满人潮。一九六九年纽约州伍德斯塔克①三天三夜的露天摇滚乐演唱会,吸引了四十五万的青年,这纪录至今未破。另一方面,诗人演讲也未可小觑:艾略特在明尼苏达大学演讲,听众逾一万三千人;弗罗斯特晚年也不缺粉丝,我在爱荷华大学听他诵诗,那场听众就有两千。

2

与粉丝相对的,是知音。粉丝,是为成名锦上添花;知音,

---

① 伍德斯塔克:即伍德斯托克。——编者注

是为寂寞雪中送炭。杜甫尽管说过:"文章千古事,得失寸心知。"但真有知音出现,来肯定自己的价值,这寂寞的寸心还是欣慰的。其实如果知音寥寥,甚至迟迟不见,寸心的自信仍不免会动摇。所谓知音,其实就是"未来的回声",预支晚年的甚至身后的掌声。梵谷去世前一个多月写信告诉妹妹维尔敏娜[1],说他为嘉舍大夫画的像"悲哀而温柔,却又明确而敏捷——许多人像原该如此画的。也许百年之后会有人为之哀伤"。画家寸心自知,他画了一张好画,但好到什么程度呢,因为没有知音来肯定、印证,只好寄望于百年之后了。"也许百年之后会有人……"语气真是太自谦了。《嘉舍大夫》[2]当然是一幅传世的杰作,后代的艺术史家、评论家、观众、拍卖场都十分肯定。梵谷生前只有两个知音:弟弟西奥与评论家奥里叶,[3]死后的十年里只有一个:弟媳妇乔安娜。高更虽然是他的老友,本身还是一位大画家,却未能真正认定梵谷的天才。

知音出现,多在天才成名之前。叔本华的母亲是畅销小说家,母子两人很不和谐,但歌德一早就告诉做母亲的,说她的孩子有

---

[1] 维尔敏娜:即咸廉明娜。——编者注
[2] 《嘉舍大夫》:即《嘉舍医生》。——编者注
[3] 西奥即提奥,奥里叶即奥里耶。——编者注

一天会名满天下。歌德的预言要等很久才会兑现：寂寞的叔本华要等到六十六岁，才收到华格纳[①]寄给他的歌剧《尼伯龙根的指环》，附言中说对他的音乐见解十分欣赏。

美国文坛的宗师爱默生收到惠特曼寄赠的初版《草叶集》，回信说："你的思想自由而勇敢，使我向你欢呼……在你书中我发现题材的处理很大胆，这种手法令人欣慰，也只有广阔的感受能启示这种手法。我祝贺你，在你伟大事业的开端。"那时惠特曼才三十六岁，颇受论者攻击。苏轼考礼部进士，才二十一岁，欧阳修阅他的《刑赏忠厚之至论》，十分欣赏，竟对梅圣俞说："老夫当避此人，放出一头地。"众多举子听了此话，哗然不服，日久才释然。

有些知音，要等天才死后才出现。莎士比亚死后七年，生前与他争雄而且不免加贬的班强生[②]，写了一首长诗悼念他，肯定他是英国之宝："全欧洲的剧坛都应加致敬。/他不仅流行一时，而应传之百世！"又过了七年，另一位大诗人米尔顿[③]，在他最早的一首诗《莎士比亚赞》中，断言莎翁的诗句可比神谕（those

---

① 华格纳：即瓦格纳。——编者注
② 班强生：即本·琼森。——编者注
③ 米尔顿：即弥尔顿。——编者注

Delphic lines），而后人对他的崇敬，令帝王的陵寝也相形逊色。今人视莎士比亚之伟大为理所当然，其实当时盖棺也未必论定，尚待一代代文人学者的肯定，尤其是知音如班强生与米尔顿之类的推崇，才能完成"超凡入圣"（canonization）的封典。有时候这种封典要等上几百年才举行，例如邓约翰①的地位，自十七世纪以来一直毁誉参半，欲褒还贬，要等艾略特出现才找到他真正的知音。

此地我必须特别提出夏志清来，说明知音之可贵，不但在于慧眼独具，能看出天才，而且在于胆识过人，敢畅言所见。四十五年前，夏志清所著《中国现代小说史》在美国出版，钱锺书与张爱玲赫然各成一章，和鲁迅、茅盾分庭抗礼，令读者耳目一新。文坛的旧观，一直认为钱锺书不过是学府中人，偶涉创作，既非左派肯定的"进步"作家，也非现代派标榜的"前卫"新锐；张爱玲更沾不上什么"进步"或"前卫"，只是上海洋场一位言情小说作者而已。夏志清不但看出钱锺书、张爱玲，还有沈从文在"主流"以外的独创成就，更要在四十年前美国评论界"左"倾成风的逆境里，毫不含糊地把他的见解昭告世界，真是智勇并兼。真正的文学史，就是这些知音写出来的。有知音一槌定音，

---

① 邓约翰：即约翰·多恩。——编者注

不愁没有粉丝，缤纷的粉丝啊，蝴蝶一般地飞来。

知音与粉丝都可爱，但不易兼得。一位艺术家要能深入浅出，雅俗共赏，才能兼有这两种人。如果他的艺术太雅，他可能赢得少数知音，却难吸引芸芸粉丝。如果他的艺术偏俗，则吸引粉丝之余，恐怕赢不了什么知音吧？知音多高士，具自尊，粉丝拥挤甚至尖叫的地方知音是不会去的。知音总是独来独往，欣然会心，掩卷默想，甚至隔代低首，对碑沉吟。知音的信念来自深刻的体会，充分的了解。知音与天才的关系有如信徒与神，并不需要"现场"，因为寸心就是神殿。

粉丝则不然。这种高速流动的族群必须有一个现场，更因人多而激动，拥挤而歇斯底里，群情不断加温，只待偶像忽然出现而达于沸腾。所以我曾将teenager①译为"听爱挤"。粉丝对偶像的崇拜常因亲近无门而演为"恋物癖"，表现于签名、握手、合影，甚至索取、夺取"及身"的纪念品。披头四②的粉丝曾分撕披头四的床单留念；汤姆·琼斯的现场听众更送上手绢给他拭汗，并即将汗湿的手绢收回珍藏。据说小提琴神手帕格尼尼的听众，也曾伸手去探摸他的躯体，求证他是否真如传说所云，乃魔鬼

---

① teenager：意为十几岁的青少年。——编者注
② 披头四：同前文提到的"四披头"，即披头士乐队。——编者注

化身。其实即便是宗教，本应超越速朽的肉身，也不能全然摆脱"圣骸"（sacred relics）的崇拜。佛教的佛骨与舍利子，基督的圣杯，都是例子，东正教的圣像更是一门学问。

"知音"一词始于春秋：楚国的俞伯牙善于弹琴，唯有知己钟子期知道他意在高山抑或流水。子期死后，伯牙恨世无知音，乃碎琴绝弦，终身不再操鼓。孔子对音乐非常讲究，曾告诫颜回说，郑声淫，不可听，应该听舜制的舞曲《韶》。可是《论语》又说："子在齐闻《韶》，三月不知肉味，曰：'不图为乐之至于斯也！'"这么看来，孔子真可谓知音了，但是竟然三月不知肉味，岂不成了香港人所说的"发烧友"了？孔子或许是最早的粉丝吧。今日的乐迷粉丝，不妨引圣人为知音，去翻翻《论语》第七章《述而》吧。

不惜歌者苦，
但伤知音稀。

粉丝已经够多了，且待更多的知音。

二〇〇六年十月

图书在版编目（CIP）数据

尺素寸心 / 余光中著. — 成都：天地出版社，2023.1
 ISBN 978-7-5455-7101-1

Ⅰ. ①尺… Ⅱ. ①余… Ⅲ. ①散文集—中国—当代 Ⅳ. ①I267

中国版本图书馆CIP数据核字（2022）第176604号

本书由台北九歌出版社有限公司授权出版，经凯琳国际文化代理。

著作权合同登记号　图字：21-2022-352

CHISU CUNXIN
尺素寸心

出 品 人	陈小雨　杨　政
作　　者	余光中
责任编辑	吕　晴
责任校对	马志侠
封面设计	尚燕平
责任印制	王学锋

出版发行	天地出版社
	（成都市锦江区三色路238号　邮政编码：610023）
	（北京市方庄芳群园3区3号　邮政编码：100078）
网　　址	http://www.tiandiph.com
电子邮箱	tianditg@163.com
经　　销	新华文轩出版传媒股份有限公司

印　　刷	天津融正印刷有限公司
版　　次	2023年1月第1版
印　　次	2023年1月第1次印刷
开　　本	880mm×1230mm　1/32
印　　张	8.75
字　　数	165千字
定　　价	58.00元
书　　号	ISBN 978-7-5455-7101-1

版权所有◆违者必究

咨询电话：（028）86361282（总编室）
购书热线：（010）67693207（营销中心）

如有印装错误，请与本社联系调换

从声音到文字，分享人类的语言

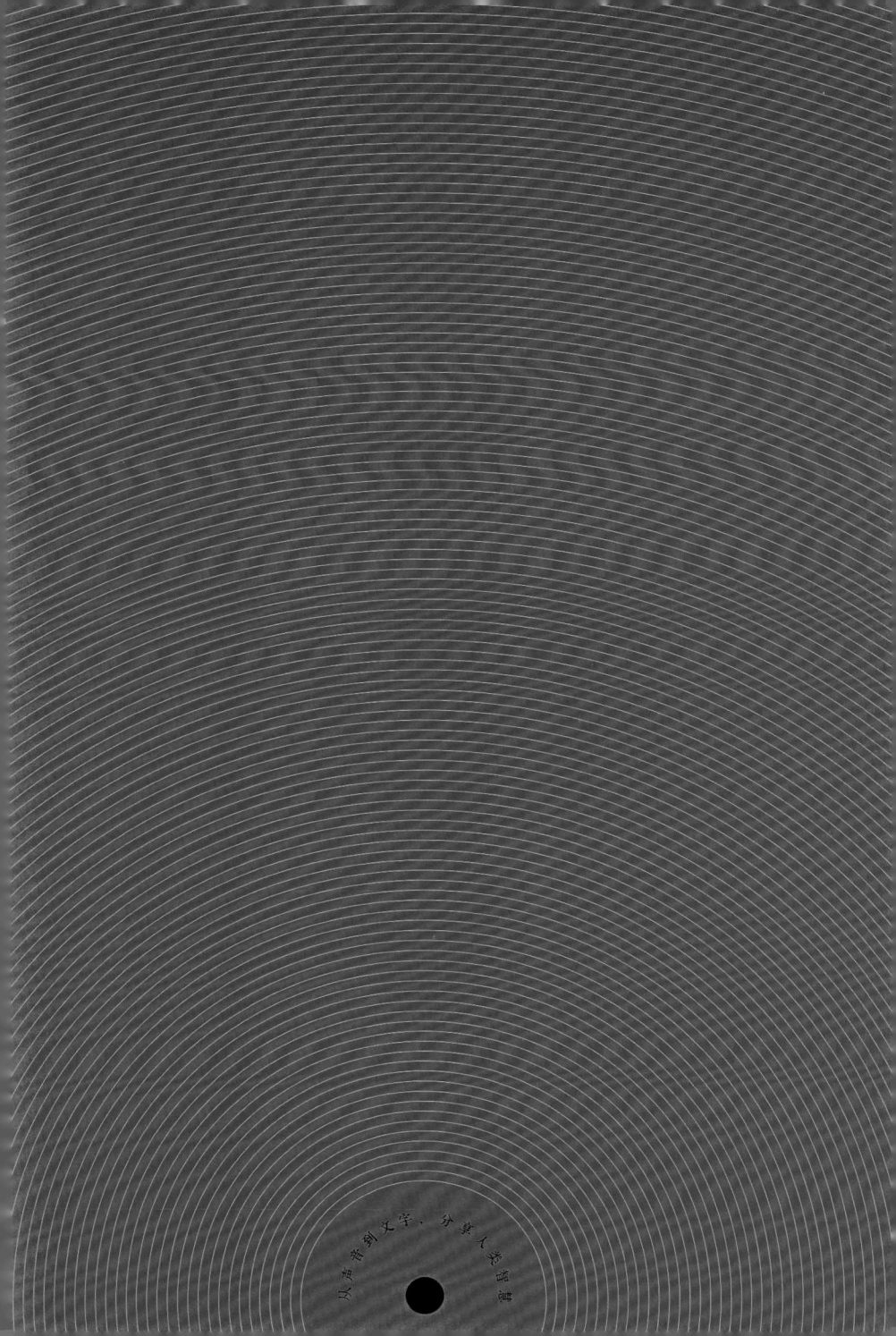

天喜文化